In einer neuen Welt

Erika und Klaus Mann-Preis 2025

Kurzgeschichten junger Autor:innen

W0301753

IN EINER NEUEN WELT

Erika und Klaus Mann-Preis 2025

Kurzgeschichten junger Autor:innen

Herausgegeben von Beate Bartsch,
Wolfgang Eschermann, Oliver Fischer,
Günter Malkowski und Gabriele Werner

Thomas Mann-Gesellschaft Hamburg e. V.

Osburg Verlag

Osburg Verlag GmbH
Heimhuder Straße 81
D-20148 Hamburg
info@osburgverlag.de

Thomas Mann-Gesellschaft Hamburg e. V.
Brauerknechtgraben 47
D-20149 Hamburg
info@thomasmann-hamburg.de

Erste Auflage 2025
Osburg Verlag Hamburg 2025
www.osburgverlag.de
Alle Rechte vorbehalten, insbesondere das
des öffentlichen Vortrags sowie der Übertragung
durch Rundfunk und Fernsehen, auch einzelner Teile.
Kein Teil des Werkes darf in irgendeiner Form
(durch Fotografie, Mikrofilm oder andere Verfahren)
ohne schriftliche Genehmigung des Verlages reproduziert
oder unter Verwendung elektronischer Systeme
verarbeitet, vervielfältigt oder verbreitet werden.
Lektorat: Ulrich Steinmetzger, Halle
Satz: Hans-Jürgen Paasch, Oeste
Druck und Bindung: CPI books GmbH, Leck
Printed in Germany
ISBN 978-3-95510-388-0

Inhalt

Vorwort

Die Reise in eine neue Welt beginnt für Erika und Klaus Mann am 7. Oktober 1927. Übermütig und lebenshungrig machen sich die beiden Geschwister auf eine Fahrt, die sie erstmals über die Ozeane führen wird. Sie gehen staunend durch New York, Chicago und Los Angeles, besuchen das blühende Hawaii und die kaiserliche Residenz in Kyoto. Ständig fehlt ihnen Geld, doch die beiden inszenieren sich in der Presse geschickt als »Mann-Twins« – und kehren nach neun Monaten mit überreichen Eindrücken wieder zurück nach Deutschland.

Eine neue Welt, das kann vieles bedeuten: eine Verheißung, einen Fluch oder auch beides zugleich.

Hoffnung, Aufbruch und Zukunft – womöglich aber auch den dystopischen Absturz in die erzählerischen Welten eines Aldous Huxley oder George Orwell.

»In einer neuen Welt«, das war in diesem Jahr das Motto des dritten Erika und Klaus Mann-Preises für junge Autor:innen. Fast fünfzig Einsendungen haben uns diesmal erreicht. Sie zeigen, wie aktuell die Themen sind, mit denen sich unsere Autor:innen beschäftigen: die Nachwirkungen der Corona-Pandemie, psychische Krankheiten, der Abschied von Eltern und Großeltern, das Leben von Migrant:innen, Verschwörungserzählungen, Datenschutz, Mutterschaft und vieles mehr.

Auch für die zehn Jurymitglieder und das Wettbewerbsteam war die diesjährige Preisvergabe ein Blick in eine neue Welt: Erstmals haben wir zur Prüfung der Texte der Longlist einen KI-Detektor eingesetzt – der erfreulicherweise nicht angeschlagen hat. Für das KI-Management danken wir sehr herzlich Antonio Cillis.

*

Unser Wettbewerb und das dazu gehörende Buch sind ein Gemeinschaftswerk, an dem viele mitgewirkt haben. Wir danken allen, die zum Erfolg des Erika und Klaus Mann-Preises beigetragen, uns ermuntert und bestärkt haben.

Ein ganz besonderer Dank gilt den zehn Jurymitgliedern, die sich wochenlang in die Lektüre der Beiträge vertieft und bei den Sitzungen in langen und intensiven Debatten um die Auswahl der Texte gerungen haben. Die Entscheidungen waren nicht leicht und oft sehr knapp. Für die anspruchsvollen und konstruktiven Diskussionen danken wir den Jurymitgliedern Melanie Böge, Dorothea Janssen-Terveen, Paul Jennerjahn, Maike Neumann, Volker Sattler, Jörg Schade und Janka Zündorf (dazu vom Vorstand Beate Bartsch, Wolfgang Eschermann und Oliver Fischer).

Wir danken Günter Malkowski und Gabriele Werner, die die Einsendungen digital erfasst, anonymisiert und der Jury online zugänglich gemacht haben. Ohne ihre engagierte und akribische Arbeit hätte der Wettbewerb nicht gelingen können.

Unsere Schatzmeisterin Beate Bartsch hat mit großem Einsatz die finanziellen Grundlagen für den Wettbewerb geschaffen. Für großzügige finanzielle Unterstützung danken wir sehr herzlich der Bodo Röhr Stiftung, der Carl-Toepfer-Stiftung, der Dürr-Stiftung, der Hamburger Hilfsspende und der Stiftung Mara & Holger Cassens.

Ebenfalls sehr herzlich danken wir Eckehard Werner, der das Cover des Sammelbandes äußerst ansprechend gestaltet hat. Ein weiteres Dankeschön gilt dem Osburg Verlag, der nun bereits zum dritten

Mal unser Buch in sein Programm aufnimmt, und Dr. Ulrich Steinmetzger für sein akribisches Lektorat.

Ein weiterer herzlicher Dank gilt Stefanie Plarre, die 2021 den Erika und Klaus Mann-Preis ins Leben gerufen hat.

Vor allem aber danken wir den 46 Autorinnen und Autoren, die uns ihre Texte geschickt haben. Die Zahl der hervorragenden Beiträge war so groß, dass der Jury die Auswahl schwerfiel. Wir möchten daher auch diejenigen, deren Texte nicht prämiert werden konnten, ermutigen: Schreiben Sie weiter, bereichern Sie uns auch in Zukunft mit Ihren Geschichten.

Sehr herzlich gratulieren wir den zehn Gewinner:innen: Lina Knoop (1. Preis), Mio Costa (2. Preis), Paula Eckelt (3. Preis), Svea Billig, Mija Freiberg, Clara Kemter, Nora Niederstadt, Jennifer Ofori, Joel Pelz und Teresa Wille.

Wir freuen uns auf viele weitere Texte von Ihnen!

Hamburg, am 22. Juni 2025

Oliver Fischer
Beate Bartsch
Günter Malkowski
Gabriele Werner
Wolfgang Eschermann

Lina Knoop

Nur ein halber Mensch

1. Preis des Erika und Klaus Mann-Preises 2025

»Das soll unser Gesetz sein: dass wir unseren Alltag und unser Leid mit größter Sorgfalt niederschreiben.«
Siri Hustvedt, What I Loved

Edith 9, Enna 6

Großmutter war die erste Person auf der Welt, die starb. Das traf zumindest auf meine Welt zu. Uns hatten bereits Menschen verlassen – Freundinnen, Freunde, Nachbarn, Bekannte und ein Vater. Doch niemand war wirklich verschwunden. Ich wusste, dass sie irgendwo sein mussten. Dass zumindest ganz theoretisch die Möglichkeit bestand, ihnen urplötzlich auf dem Wochenmarkt zu begegnen, während man ein Pfund süße Äpfel kaufte. Dass man sie auf Reisen traf und ihnen an einem überfüllten Strand auf einmal in die Arme lief und vor Schreck seine

Eiswaffel und den eigenen Namen im Sand verlor. Diese Möglichkeiten ließen Raum für Fantasien vom Wiedersehen. Der Tod hingegen ließ nichts offen.

»Weißt du, Enna«, sagte Mama einige Tage nach Großmutters Beerdigung am Frühstückstisch, »wir können uns nicht sicher sein, dass wir Oma nie wiedersehen. Es gibt Menschen, die ganz fest daran glauben, dass wir uns im Himmel noch einmal begegnen.«

Ich ließ meinen Toast auf den Teller gleiten. »Muss ich dafür auch tot sein?«, fragte ich.

Mama dachte nach. »Irgendwann sind wir alle …«, sagte sie und schaute dann Edith an, die gerade ihren Löffel in die Milch hatte fallen lassen. Mit spitzen Fingern schubste sie die Schoko-Flakes beiseite und ging auf die Suche nach dem verlorenen Besteckstück. Es schien, als habe sie uns gar nicht zugehört.

»Ist nicht schlimm, Mäusel«, sagte Mama. »Hol ihn einfach raus. Ich gebe dir einen neuen.«

Ich wusste, was Mama mir hatte sagen wollen und auch was sie daran hinderte. Gerne hätte ich darüber gesprochen, wo Oma nun war. Welche Form sie jetzt hatte und wann ich sie wiedersehen konnte. Aber auch ich ahnte bereits, dass es vermutlich Edith sein würde, die Oma als Erste wieder träfe.

Edith 12, Enna 9

Obwohl Ediths Schullaufbahn vor allem von Fehlstunden geprägt war, hätte ich niemanden benennen können, der ein schöneres Schriftbild besaß als meine Schwester. Während die Mädchen in meiner Klasse sich darum bemühten, möglichst schnell die gerade erst erlernte Schreibschrift wieder abzulegen und durch etwas Individuelleres zu ersetzen, blieben Edith und ihrer Schrift der soziale Druck erspart.

Während meine Klassenkameradinnen all ihre Kraft dafür einsetzten, herauszufinden, wer sie waren, und dabei doch begannen, allesamt die gleichen Kleidungsstücke zu tragen, die gleichen Interessen zu verfolgen und die gleichen Worte zu benutzen, blieb Edith nichts anderes übrig, als ihre Identität nur aus sich selbst heraus zu formen.

Da gab es niemanden, der sie verurteilend anblickte, wenn sie ihre blaue, mit Wolken bedruckte Strickjacke wieder mit einer gelben Strumpfhose und einem rosa-weiß-karierten Rock kombinierte. Es gab niemanden, der ihre Leidenschaft für geometrische Formen hinterfragte oder ihr zu verstehen gab, dass es angeblich merkwürdig war, ein und dasselbe Buch immer und immer wieder zu lesen. Die einzige Person, die Ediths Selbstverständnis herausforderte, war ich.

Als ich Mama beim Einkaufen erklärte, ich könne nun langsam wirklich keine Klettverschlüsse mehr an meinen Schuhen dulden, sah ich gleichzeitig in das verwunderte Gesicht meiner Schwester.

»Enna«, fragte Edith, »was stimmt mit Klettverschlüssen denn nicht?«

Ich überlegte. »Maria findet, Klettverschlüsse sind für Babys.«

Edith überlegte. »Babys tragen keine Schuhe, Enna«, sagte sie. »Babys können nicht mal laufen. Wofür brauchen die Schuhe?«

Ediths Argumentation ist gut, dachte ich. Ich versuchte es trotzdem und ließ Edith wissen, dass nur Kinder noch Klettverschlüsse an ihren Schuhen trugen.

»Du bist ein Kind, Enna«, sagte Edith.

Sie hatte recht.

»Du verstehst das nicht. Klettverschlüsse sind einfach uncool, Edith.«

Edith verstand es wirklich nicht. »Klettverschlüsse sind praktisch«, sagte sie.

Ich kam nicht umhin zu glauben, dass Edith jemand anderes geworden wäre, wäre sie ein fester Bestandteil einer Schulklasse gewesen. Hätte sie mit den anderen auf dem Schulhof gespielt oder wäre sie einem Sportverein beigetreten. Ich kam nicht umhin zu glauben, dass die Einsamkeit, die ihr Leben so oft bestimmte, sie einige Male davor bewahrte, ihre wahre Identität abzulegen, nur um der Welt zu gefallen. Und ich schämte mich dafür, dass ich sie manchmal um diese Freiheit beneidete.

Edith 36, Enna 33

Lange war mir nicht bewusst gewesen, dass Großmütter tatsächlich Männer hatten. Dass sie nicht alle ganz auf sich allein gestellt in gemütlichen Häusern lebten, zweimal in der Woche mit dem Fahrrad zum Bäcker und einmal in der Woche zum Fleischer nach Klein Bülow fuhren. Dass nicht alle Großmütter eine große Sammlung an Knöpfen besaßen, die sie in einer alten Keksdose aufbewahrten und wann immer einem ein Knopf abhandenkam, darin einen fanden, der dem Verlorenen zum Verwechseln ähnlich sah.

Nachdem Großvater ein Jahr vor meiner Geburt gestorben war, lebte Großmutter allein. In meiner Welt wurde Telse de Vries zu einem Prototyp einer Oma. Das einzige Bild einer Großmutter, das ich besaß und auf das ich meine Annahmen über alle anderen Großmütter stützte.

Lange war mir außerdem nicht bewusst gewesen, dass nicht alle Großmütter so wenig über sich selbst sprachen. Und wenn sie es taten, dann nur über Dinge aus ihrer Kindheit. Dinge, die man im Angesicht eines gerade vorübergegangenen Krieges wohl als »schön« oder »aufheiternd« bezeichnen konnte.

Sobald das Kurzzeitgedächtnis meiner Großmutter begann, sich von Zeit zu Zeit einfach auszuklinken, wurden die Erinnerungen an ihre Kindheit und frühe Jugend immer lebendiger. Es war, als versuche sie die Einschränkungen ihres zunehmenden Alters auf diese Weise zu kompensieren. Die eigene Identität hängt schließlich untrennbar mit unseren Erinnerungen zusammen, und am besten scheint es uns dann zu gehen, wenn wir die bleiben dürfen, die wir einmal waren.

»Erinnerst du dich noch an diese merkwürdige Tischdecke, die immer draußen auf dem Gartentisch lag? Oma hat sie am Rand mit kleinen Haken beschwert, damit der Wind sie nicht wegweht«, sagt Edith.

Ich erinnere mich. »Es waren Gänse darauf«, sage ich, »die Gummistiefel und Gartenschürzen getragen haben.«

»Genau die«, fährt Edith fort. Als sie und Mama Großmutter kurz vor ihrem Tod besuchten, erzählt Edith, konnte diese sich plötzlich an jedes Detail erinnern. »An die Gans, die Unkraut zupft, und auch an die, die ein Blumenbeet gießt.«

Überall im Häuschen unserer Großmutter fanden sich ähnlich absurde Stickereien. Meist waren Tiere involviert. Filigran gearbeitete Hirsche auf Sofakissen, in deren Geweihen bunte, exotische Vögel thronten. Detailreiche Fische mit Taucherbrillen auf kurzen Küchengardinen.

»Als sie dann sogar die Gans mit dem Spaten vor Augen hatte, war ich richtig überrascht. Sie hat sich zur Abwechslung mal an etwas erinnert, das nicht schon sechzig Jahre her ist«, sagt Edith, während sie versucht, sich umständlich auf dem grünen Cordsofa aufzurichten. Ich greife ihr unter den dünnen Arm und ziehe ihren viel zu leichten Körper nach oben.

Ich sage Edith, dass sie und Mama damals wohl eine Erinnerung freigelegt haben.

»Ich glaube«, sagt Edith leise, »sie wusste einfach, dass es bald zu Ende gehen würde.«

Wenn Edith und ich uns wiederfinden in dahinfließenden Unterhaltungen, die frei zu sein scheinen und voll prägender Erinnerungen, dann ist es meist die Realität, die uns mit ihrer ganzen Wucht an die Schwere der Dinge erinnert, die wir nicht zu ändern vermögen. Werden Edith und ich von der Realität eingeholt, dann kehrt meist Stille ein. Eine Unbehaglichkeit, die durch jede Ritze und durch jeden Fensterspalt in das kleine Zimmer kriecht, in dem ich meine Schwester alle vier Tage besuche.

»Denkst du, es musste so kommen?«, fragt Edith. Seit einigen Wochen liegen ihre Augen in noch dunkleren Höhlen.

Auch wenn ich glaube zu meinen, mich an diesen Anblick gewöhnt zu haben, spüre ich doch jedes einzelne Mal das Entsetzen darüber, dass wir nun hier angelangt sind. Ediths Augen waren einmal strahlend grün gewesen. Kleine braune Flecken zeichneten sich wie Inseln auf ihrer Netzhaut ab, die jedem Wetter trotzten. Nun drohen sie allzu oft in den Weiten des Meeres zu versinken. Ich schaue sie direkt an. Die braunen Flecken zittern – wollen den Fluten, dem Sturm standhalten.

»Nichts in mir wagt es, das zu denken«, antworte ich.

Ich kann nicht mehr mit Bestimmtheit sagen, wie oft Edith mir diese Frage in den letzten Wochen bereits gestellt hat. Doch jede mir einfallende Antwort hat den Anschein, falsch, abgedroschen oder schlicht unangebracht zu sein. Ich nehme Ediths Hand in meine und fahre mit meinem Finger die aus der Haut heraustretenden Adern entlang. Ganz sanft berühre ich sie. Ediths Hände haben ihre Weichheit nicht verloren.

Als Edith neun Jahre alt war und ich sechs, da begann sie der ganzen Familie aus der Hand zu lesen.

»Enna, jetzt bist du dran!«, rief sie angeregt und hockte sich vor mir auf die Knie, sobald ich aus der Schule heimkam. »Siehst du die Linie hier?«

Ich fragte Edith, was die Linie zu bedeuten habe.

»Die zeigt ganz klar, dass du dich heute nicht mit Uta treffen solltest. Das könnte gefährlich werden.«

Mein Herz fing jedes Mal an, schneller zu klopfen, wenn sie diese Worte aussprach: Das könnte gefährlich werden.

»Aber keine Angst!«, verkündete sie mit erhobenem Zeigefinger, und: »Wenn du heute zu Hause bleibst und stattdessen mit mir spielst, kann dir *gaaar* nichts passieren.«

Ich protestierte, gab Edith zu verstehen, dass ich Uta versprochen hatte, sie zu besuchen.

»Du musst es selbst entscheiden«, säuselte Edith. Wohlwissend, dass ich mich niemals für die Gefahr, sondern immer für sie entscheiden würde.

Kurz nachdem ich auf die weiterführende Schule gekommen war, begann ich, Ediths Masche zu durchschauen. Zum ersten Mal ließ ich den Gedanken zu, dass meine Schwester womöglich gar keine hellseherischen Fähigkeiten besaß. Immer häufiger beschloss ich, Dinge zu tun, von denen Edith behauptete, dass sie mich gegebenenfalls umbringen würden. Ich wurde – zumindest in meinen Augen – eine echte Draufgängerin. Ging mit Paula zum Schlittschuhlaufen, obwohl dort die Gefahr lauerte. Ging alleine nach Klein Bülow, um in der Bücherei zu stöbern, auch wenn ich wusste, dass dieser waghalsige Ausflug mich das noch so junge Leben kosten könnte. Erst viele Jahre später begriff ich, dass meine Handflächen, die Handflächen unserer Mutter und Großmutter, zu einem Spiegel von Ediths kleiner Kinderseele wurden. Jede von uns spielte ihr Spiel bereitwillig mit.

Ediths Hände sind jetzt kälter als früher, denke ich. Ich schaue sie an und bemerke, dass meine Schwester eingeschlafen ist. Ihr Kopf ist leicht zur Seite gekippt, ihre dünnen, hellbraunen Haare liegen in Strähnen auf dem gestreiften Kissen, als hätte jemand sie einzeln dort drapiert. Langsam drehe ich Ediths Hand in meiner, halte sie mir für einige Sekunden an die Wange und lege sie dann behutsam in ihren Schoß. Manchmal wünsche ich mir, ich hätte als Jugendliche weniger Zeit in Büchereien oder Eislaufhallen verbracht und mehr Zeit mit Edith.

Enna 33

Ich drehe den Autoschlüssel im Schloss um und schaue aus dem Seitenfenster. Neben mir steigen Tante Friede und Onkel Heinoth gerade in ihren goldenen, unter den hohen Tannen winzig wirkenden Ford Galaxy. Während meine Tante umständlich eines ihrer langen Beine im Fußraum verstaut, sich mit der Hand am Autodach festhält und dabei versucht, ihren samtig-schwarzen Hut nicht zu verlieren, treffen sich unsere Blicke. Gerade lang genug, um das zaghafte, traurige Lächeln auf ihrem Gesicht zu erhaschen. Eines, bei dem Menschen die Lippen leicht zusammenpressen, die Mundwinkel auseinanderziehen und die Augen den Rest erledigen lassen.

Im Grunde war die Trauerfeier beinahe genauso, wie ich es mir zuvor Dutzende Male vorgestellt hatte, nur dass das Ausmaß der Beklommenheit alles überstieg, was ich bis dahin erlebt hatte. Womöglich lag das daran, dass wir kein vollendetes Leben beerdigten, sondern das einer jungen Frau.

Es wunderte mich nicht, dass die Beerdigung ein nahezu identisches Abbild der Beisetzung unserer Großmutter war. Meine Mutter hatte in beiden Fällen auf die Planung bestanden. Als wir Großmutter beerdigten, ragten Unmengen an Calla aus dem Sargschmuck und den Trauerkränzen. Der Anblick der trichterförmigen weißen Blüten war es, der mir schließlich bewusst werden ließ, wie wenig meine Mutter ihre eigene Mutter kannte, und wie sehr ich glaubte, sie besser zu kennen. Ich lebte erst ein paar Wochen mit Großmutter zusammen, da wusste ich, dass sie alle Gewächse liebte, die ausschließlich grün waren.

»Ennachen«, rief Oma, als ich mich eben in das von ihr zu einem Kinderzimmer umfunktionierte Nähzimmer zurückgezogen hatte. Kurz nach meinem neunten Geburtstag war ich zu Oma verfrachtet worden. In dieser Zeit haderte ich mit meinem neuen Schicksal und mit der Erkenntnis, dass mir das Spielen mit meiner Puppe Mu immer seltsamer vorkam. Ich trug Mu zwar noch mit mir herum, fuhr sie in ihrem Wagen durch Großmutters Garten und zog ihr abends den dunkelblauen Strampler mit den goldenen Sternen an, insgeheim aber spürte ich, dass Mu zu einer echten Belastung wurde.

Es störte mich, dass ich an Schultagen nun abends oft zu müde war, Mu einen Schlafanzug anzuziehen. Es störte mich, dass ich morgens aufwachte und erst dann mein Versäumnis bemerkte. Es störte mich, dass ich Mu nicht einfach mit in die Schule nehmen konnte. Niemand tat das mehr.

»Enna!«, rief Oma jetzt lauter.

»Ja?«

»Kannst du mal die Tür aufmachen, ich glaube, es hat geklingelt!« Ihre Stimme hallte von der Terrasse hinauf in den ersten Stock. Vermutlich wühlte sie gerade mit den Händen in irgendeinem Blumentopf. Behutsam legte ich Mu in ihr Bettchen, betrachtete sie einen kleinen, schmerzhaften Augenblick lang, deckte sie gut zu und ging die steile Holztreppe hinab.

Über die Schulter spähte ich durch das Wohnzimmer nach draußen. Zwei Schweißperlen auf Omas Stirn lieferten sich gerade ein spannendes Wettrennen. Mit einer geübten Bewegung wischte Oma sie weg, bevor eine von ihnen den Sieg einheimsen konnte.

Langsam trottete ich zur Tür. Glücklicherweise besaß diese nicht nur einen alten, sehr urig anmutenden Türklopfer in Form eines Löwenkopfes, sondern auch ein Seitenfenster. Vorsichtig blickte ich nach draußen.

Auf der Stirn des hageren Mannes, der dort stand, wurde gerade offenbar ein Marathon veranstaltet. Dutzende Schweißtropfen liefen dem Aufgeregten in die Augen, über die Nase bis in den Mund.

Ich verzog leicht das Gesicht, nur um mich Millisekunden später daran zu erinnern, dass man das nicht tun durfte.

»Enna«, hatte Oma einmal gesagt, als wir an der Fleischtheke des kleinen Eckladens vorbeigingen. »Jedermann kann dir deinen Ekel vom Gesicht ablesen.«

Einige Sekunden zu lang betrachtete ich den dünnen Mann. Er trug ein für diese Temperaturen viel zu wolliges Jackett und eine schmale Hose in einer Farbe, die ich bislang nur an noch älteren Männern gesehen hatte. Etwas an ihm erinnerte mich an ein Erdmännchen, das mit der wichtigen Aufgabe betraut worden war, seine Artgenossen vor einem möglichen Angriff einer Schlange zu warnen. Jede einzelne seiner Falten zog sein Gesicht in die Länge, nur seine Augenlider schienen der Schwerkraft zu trotzen.

Als das nervöse Erdmännchen mich erblickte, bückte es sich ein Stück nach unten und winkte mir durch die Scheibe hindurch zu. Mit einer hastigen

Bewegung schob es einen großen Strauß bunter Blumen vor sein Gesicht und wedelte damit herum. Ich wusste nicht, was ich tun sollte. Ich hatte den Mann noch nie gesehen. Ich ließ ihn stehen und rannte auf die Terrasse.

»Oma?«

»Hmm?«

»Ein Erdmännchen steht vor der Tür. Es hat Blumen dabei.«

Oma kniff die Augenbrauen zusammen. Dann eine Erhellung. Mit ihren Händen drückte sie sich vom Boden ab und zog die erdigen Handschuhe aus. Ein weiteres Wischen über die Stirn, ein kurzes Glattziehen der Gartenschürze. Mit übertrieben aufrechtem Gang schritt Oma zur Haustür. Vielleicht hatte ich sie noch nie so gerade erlebt. Das Erdmännchen war noch da.

»Oh, wie wunderbar, Frau De Vries!«, rief der Mann aus, der mittlerweile aufgehört hatte, die Blumen zu schwenken, als seien sie ein Lockmittel für einen Schwarm Honigbienen. Seine Stimme klang hell und freundlich.

»Ist das etwa ihre Enkelin?«, fragte er. Ohne eine Antwort abzuwarten, begrüßte er mich: »Hallo Edith! Besuchst du heute die Großmutter und hilfst ihr ein wenig bei der Gartenarbeit?«

Offenbar wusste das Erdmännchen so gut wie ich, dass Omas Leben mindestens zur Hälfte aus

Gartenarbeit bestand. Was es nicht wusste, war, dass Edith gerade sicherlich nicht in der Lage war, Oma dabei zu helfen.

»Guten Mittag, Herr Jansen, schön sie zu sehen«, log Oma und legte sanft die Hand auf meine Schulter. »Ja, das ist meine liebe Enkelin, aber die andere.« Damit forderte sie den Nervösen heraus. Damit hatte er nicht gerechnet. Wir schauten beide das Erdmännchen an. Ob es sich an meinen Namen erinnern konnte? Wenn Herr Jansen ganz doll über etwas nachgrübelte, dachte ich, dann roch es nach Orangen und Zitrone. Erst später wurde mir bewusst, dass es vermutlich nicht seine Gedanken waren, die so sehr nach Zitrusfrucht dufteten, sondern nur sein Parfüm.

»Ah, wie schön!«, brachte Herr Jansen heraus, und: »Ja, die kleine Emma!«

»Enna«, sagte ich.

»Enna«, wiederholte er. »Genau. Wie ungeschickt von mir. Und wo hast du die Edith gelassen?«

Omas Hand streichelte nun sanft meinen Oberarm.

»Wissen Sie, Herr Jansen, der Edith, der geht es gerade gar nicht so gut. Die Edith, die ist bei ihrer Mutter. Aber die Enna, die ist eine tolle Helferin! Ganz fleißig! Ist doch so, oder Ennachen?«

Ich nickte.

»Und wie lange besuchst du die Oma?«, wollte das Erdmännchen wissen.

Dutzende Male hatte ich Mama in den letzten Tagen dieselbe Frage gestellt. Ich hatte sie gestellt, als es Edith immer schlechter ging und wir einen großen Koffer für mich packten. Als Mamas Überforderung alles zuvor Erlebte übertraf und ich eine Reihe von Kuscheltieren aussuchen musste, die ich zu Oma mitnehmen würde. Auch, als Mama meine Bettdecke und mein Kopfkissen ins Auto verfrachtete und anschließend mich, hatte ich immer wieder die gleiche Antwort erhalten: Das kann noch niemand so genau sagen.

»Das kann noch niemand so genau sagen«, ließ ich den Neugierigen wissen und richtete meinen Blick auf die Blumen.

»Ich verstehe«, entgegnete das Erdmännchen. Nach einer kurzen Pause verkündete es: »Frau De Vries«, mit ausgestrecktem Arm schwang es den Strauß nach oben, »der ist für sie!«

»Herr Jansen, schon der dritte Strauß diesen Monat«, stellte Oma fest und griff nach ihm. »Was verschafft mir die Ehre?«

»Es ist«, begann Herr Jansen, »es ist nur, ich habe einfach gehofft, ja gehofft, dass er ihnen gefällt.« Das Erdmännchen hielt immer noch Ausschau nach einer Schlange.

Oma steckte ihre Nase in die Blumen und nahm einen obligatorischen Zug. »Er ist wirklich toll, findest du nicht auch, Enna?«

Ich nickte.

Sobald das Erdmännchen verschwunden war, atmete Oma auf. In der Küche entfernte sie behutsam all jene Blumen, die einen Hauch Farbe in sich trugen. Sie band sie zusammen und stellte sie in eine bauchige Vase, die ich schließlich in mein Zimmer trug. Als Oma und ich, beide jeweils in eines ihrer geblümten Nachthemden gehüllt, abends auf ihrem Bett saßen und ein Buch lasen, da entdeckte ich den anderen Teil des Straußes auf ihrem Nachttisch. Instinktiv hatte ich damit gerechnet, dass sie das Grün hatte wegschmeißen wollen. Nun stand es da und grünte vor sich hin.

»Oma«, fragte ich, »hat Herr Jansen dich gern?«

Oma überlegte.

»Nicht so gern, wie ich dich habe.«

Glücklicherweise, dachte ich, gab es eine Oma, zu der man gehen durfte, wenn man zu Hause nicht sein konnte.

Ein Klopfen am Seitenfenster meines Autos reißt mich aus meinen Gedanken. Das verschmierte Make-up von Tante Marga ist das Erste, was ich sehe. So schnell ich kann, kurble ich das Fenster hinunter.

»Enna«, sagt sie, als es endlich zur Hälfte offen ist, »es tut mir so leid. Was für ein furchtbarer Tag.«

»Ja«, sage ich und dann »der allerfurchtbarste.«

»Kommst du noch mit in den Forellenweg?«

Ich schäme mich ein bisschen dafür, dass ich die anderen nicht zu Mama nach Hause begleite, dort keinen Kaffee trinke, kein absurd großes Stück Torte esse und dabei Geschichten über Edith anhöre. Doch ich weiß, dass ich dort unter all den Menschen, die mich ein Leben lang kennen, allein wäre. Denn Edith fehlt.

Enna 33

Als ich mich einige Tage nach Ediths Beerdigung zwinge, zumindest ein paar meiner gewohnten Bahnen im örtlichen Schwimmbad zu ziehen, stehe ich an der Kasse und bin vollkommen verloren.

»Enna, wie schön, dass du trotzdem herkommst. Es tut mir so leid, was passiert ist.« Hellen streckt die Hand durch das kleine Fenster ihres Kabuffs. Ihre Nägel sind immer bunt, meist kirschfarben oder orange. Edith konnte Füße nie ausstehen, denke ich, am wenigsten Zehen. Also lackierte sie immerzu ihre Fußnägel.

»Damit fühle ich mich zumindest wie ein halber Mensch«, hatte sie dann gesagt und mich, wenn sie zu müde war, gebeten, die Lackierarbeiten zu übernehmen. Ich war nicht gut darin, aber es reichte aus. Meist wählten wir ein dunkles, royales Blau, und Edith gelang es, die fehlerhaften Stellen wohlwollend zu ignorieren.

Hellens spitze Nase ist nun fast bis ganz an die Scheibe gerückt. Ihr Atem hinterlässt einen kleinen Dunstabdruck.

»Enna, hast du dein Monatsticket dabei?« Hellen sieht aus wie ein Rotkehlchen. Ihre Züge sind sanft, die roten Haare fallen ihr von überall ins Gesicht. Hellen ist klein und doch sind ihre Finger lang und schmal. Zwischen Daumen und Zeigefinger hält sie die Lochkarten-Stempeluhr. Was für ein merkwürdiger Begriff, denke ich. Lochkarten-Stempeluhr.

»Enna, geht es dir gut?«

Erst jetzt bemerke ich, dass Hellen mit mir spricht. Ich schaue ihr direkt in die Augen: »Nein, nicht wirklich«, gebe ich zu und frage »meinst du, ein halber Mensch kann auch wieder zu einem ganzen Menschen werden?«

Langsam zieht Hellen ihre Hand zurück in das Kabuff: »Warum ist der besagte Mensch denn nur noch ein halber Mensch?«

»Ich glaube«, sage ich, »weil ihm etwas abhandengekommen ist.«

»Kann er es zurückbekommen?«

»Nein, ich denke nicht.«

»Hmm«, überlegt Hellen ernsthaft. »Ich denke, er könnte schon wieder zu einem ganzen Menschen werden. Aber wahrscheinlich dauert es eine Zeit.«

»Wie lange?«, will ich wissen.

»Also sicherlich nicht unter acht Monate.«

»Danke, Hellen«. In meinen Augen hat sich ein kleiner See gebildet, der jeden Moment droht, über die Ufer zu treten.

Hellen nickt und unternimmt einen neuen Versuch mit der Lochkarten-Stempeluhr. Dieses Mal funktioniert meine Wahrnehmung. Ich strecke Hellen mein Monatsticket hin und schaffe es sogar, das kleine runde Plastikplättchen für den Umkleideschrank entgegenzunehmen.

Während ich langsam durch das Becken gleite, viel langsamer als sonst, ist der See in meinen Augen längst zu einem Bach geworden. Tränen sammeln sich hinter meiner Schwimmbrille wie in zwei kleinen Aquarien und versperren mir die Sicht. Als ich beinahe mit Frau Webel kollidiere, entscheide ich, dass es heute ohne Schwimmbrille gehen muss. Meine salzigen Tränen mischen sich mit dem Chlorwasser, und weil Frau Webel vermutlich nicht genau beurteilen kann, ob meine Augen nun rot sind wegen des Chlors oder der Tränen, belässt sie es bei einem kurzen Nicken und lässt mich wortlos passieren.

Immer wenn Edith sagte, sie sei ein halber Mensch, dann wehrte mein Inneres sich dagegen. Ich fragte mich: Welche Aspekte des Menschseins fehlen einem halben Menschen?

»Ich glaube, mein Leben war eigentlich für ein Meerschweinchen bestimmt«, hatte Edith gesagt, während ich sie wenige Wochen vor ihrem Tod besuchte. Sie hatte gerade eine Packung Nougatschokolade aufgerissen und schob nun die Plastikfolie zur Seite.

»Wie meinst du das?«, fragte ich und nahm mir auch ein Stück.

»Na ja«, sagte Edith, »ich denke nicht, dass das arme Meerschweinchen auch mit einem kaputten Herzen auf die Welt gekommen wäre. Aber unsere Bewegungsradien wären sehr ähnlich.«

»Also ein Meerschweinchen in Gefangenschaft?«

»Gibt es Meerschweinchen, die nicht in Gefangenschaft leben?«, fragte Edith zurück.

Den restlichen Abend verbrachten wir damit, herauszufinden, wo Meerschweinchen heimisch sind. Was sie fressen und wer ihre Feinde sind. Viel zu oft glauben wir, das Leben an sich sei uns etwas schuldig. Dass wir ein Anrecht besäßen auf Unbeschwertheit, Leichtigkeit und vielleicht sogar Erfüllung. Und manchmal will ich das auch heute noch glauben.

Während Edith sich vorzustellen versuchte, wie es sei, ein vollkommen unbeschwertes Meerschweinchen in Peru zu sein, hoffte ich immer noch, dass sie nicht die zweite Person auf der Welt sein würde, die starb.

Mio Costa

rapid eyes

2. Preis des Erika und Klaus Mann-Preises 2025

1

im sommer mäht papa den rasen und mama ihre beine
mit einer kleinen mähschiene, die zu laut ist
sonst macht mama auch alles
es riecht nach ihren föhnwarmen haaren nach glattweich
    wie die haut ihrer arme
ist weicher als alles ich mach meine hand dahin und meine
    wange
wo sie uns küsst lipgloss, der riecht nach süßem, glitzert
    und klebrig daran die haare

papa ist irgendwo, mama ist da
mama knotet zahnseide an meinen milchzahn

ich sitze auf der wanne, die kalt ist, es wackelt pieksig in meinem mund auf halb acht
hängt nur noch halbschräg und zack! hat mama gezogen und lacht
kreischt, er baumelt, ich blute ein bisschen und kreisch auch und lach

2

Die Balkonhitze hätte Nonno und uns eigentlich gleichermaßen durchkochen müssen, aber am späten Nachmittag ist der alte Mann noch al dente und wir Kinder trotz doppeltem Mittagsschlaf labbrig. Wir schwitzen Nudelwasser, deutschen Schweiß in unsere Kleider, die Füße patsch patsch patsch, wie sie bar am Fliesenboden kleben bleiben. Die Hitze scheint ihm nichts auszumachen, mit den Tigermücken lebt er hier in Frieden. Wir essen Gelato di Fragola, das er zur Feier des Tages, zum Anlass des Sommers von der Gelateria seines Vertrauens geholt hat. Eis in Styroportupper.

Straccia nicht schtrazia, -tella nicht tälla!

Nonno wickelt den San Daniele Schinken vom Spar um die Bibanesi, und wir machen es ihm nach, obwohl die Bibanesi im Mund ganz trocken sind. Das weiße Schinkenfett lassen wir in einem klebrigen Haufen auf unseren Tellern übrig. Der Schinken ist dünner als seine durchsichtigen Vorhänge, das

Brot trockener als die Erde der Balkonpflanzen und weißer noch als die Haare von dem alten Mann.

Nonno und wir haben uns aus vielen Gründen nicht verstanden und das, obwohl die Mücken ihr Bestes gaben das Italienische reinzupumpen und das Deutsche rauszusaugen, obwohl wir wirklich eifrig Grazie gesagt haben und genickt, dass die Löckchen durch die Gegend klingelten, und artig weiter durch unsere Zahnlücken lächelten. In alte Gesichter mit Zahnprothesen, mit goldenen Zähnen wie Pirat:in lächeln wir, als wir von rau-, von fern-, von kaumverwandtschaftlichen Fingern in die Wangen gekniffen werden, und nicken, als Papa uns erklärt, alle freuen sich, uns zu sehen.

Artig nicken nickend lächeln schweigend arten nickend schweigen. Tätschel auf das kleine Haar bekomm. So tun, als ob der Bart nicht kratzt. Süß gefunden werden. Später in Schubladen Süßes finden.

In Deutschland waren wir braunhaarig, in Italien blond, in Deutschland waren wir deutsch mit italienischem Vater, in Italien nur noch deutsch. Es fällt uns zuhause schwer, Töne zu üben, die wir niemensch sonst sprechen hören. Nur Papa und die Männer in seiner Heimat. Zu früh wissen wir, dass Papa uns auch so versteht und dass die Männer gar nicht erwarten, dass wir sprechen, weil das sowieso sie übernehmen. Stattdessen drehen wir uns zu Papa, zupfen an seinem Hemd oder pieksen in die Seite und flüstern: Was heißt das? Papa beugt sich immer zu uns und übersetzt geduldig. Aber auch auf Deutsch verstehen wir nicht viel oder finden das Gespräch langweilig.

Es wurde dunkel hinter den Schinkenvorhängen, sie sprachen erst über uns und dann über unsere Köpfe hinweg. Wir saßen klein auf Schößen, und ihre Sprache war ein Ort für Erwachsene. Ihre Sprache war eine, in der wir nur als Objekt, nur als ma che belle und che grandi siete diventate vorkamen, eine, die unser Wachstum kommentierte, aber keine, in der wir wuchsen, keine, in die wir reinwuchsen. Die einzigen Worte/Laute, die wir kannten, schienen Floskeln zu sein, die sich Brüder, Väter und Söhne beim Wiedersehen in die Rotweingläser füllten oder die sie sich gegenseitig mit tiefer Stimme auf die Schultern klopften. Es waren nie unsere Worte, wir hatten sie immer nur ausgeliehen.

In Deutschland hatten wir Milchzähne, in Italien Zähne aus Milch, fior di latte. Unsere wurzeln wurden gefüttert mit in olivenöl schwimmendem antipasti, patate, pasticcio, quattro formaggi. pizza mit dünnem boden, am kinderende des großen tisches. Quattro schneidezähne, rückwärts abgespulte erinnerung. Wort für wort aussetzen, beim essen wackeln, zählen. 3, 2, 1 wackelzähnen. 1 centimeter skelettstück im käse, blut im burrata und ferien. Sommer Ostersommer. Die vokabelhefte fehlen. Milchkuppen kippen und pulen, die sterne von den keksen auf plastiktischdecke legen, milchstraße formen und sich drehen wie raketen im all bis einer sagt – ma che cosa fatte qui??

Wir lernen stippen von Nonno. Wir lernen Schlurfen und Schlürfen von ihm. Schlürften abends Milch mit untergegangenen Kekskrümeln und morgens Lipton Tè. Nonnos große Ohren lugten an den Seiten hervor, oben das lichte Haar. Das war sein Frühstück. Ein pappiger Keks und Tè. Wir blinzelten unseren Schüsseln auf den Grund und hätten auch gerülpst, wenn uns nicht die ganze Zeit in die Wangen gekniffen worden wäre, dass wir so brave, ma che braveee seien.

Papa schimpfte uns fürs Schlürfen, nannte uns erst Ferkel und später Schweine. Das macht man nicht, man macht das nicht. Aber Nonno macht das, und über seinem Teller darf er so laut schmatzen, dass der Staub von der Kommode fällt. In Papas Gesicht suchen wir nach Reaktionen darauf, aber Nonno wird nie zu einem Schwein.

Während Nonnos Siesta schlurften meine Schwester und ich zu zweit in derselben Riesenpusche über die Fliesen. UND-links-UND-rechts. 4 Füße für zwei Schuh, Ciabatte von Nonno. Wir ließen uns auf das dunkelrote gemusterte Sofa fallen und versteckten uns hinter den staubigen Vorhängen vor den Menschen auf den eingerahmten Schwarzweiß-Fotos. Abends erzählte Papa uns eine Gute-Nacht-Geschichte oder sang uns ein Lied, immer auf Italienisch.

Zuhause in Norddeutschland stellte er eine kleine Tafel auf und schrieb mit Kreide italienische Worte drauf. Meine Schwester und ich musterten mit Kräckern in der Hand und konzentrierten Augen. Magnetische bunte Buchstaben und Kreide, wir kauten ganz langsam. Immer wenn wir was wiederholen sollten, hatten wir den Mund voll. Er machte die Worte vor, und wir behielten die Laute in unseren Bäckchen wie Hamster, weil es so komisch war, wie Papa das erklärte, so komisch, wie er den Mund machte. »Das wissen wir schon!«, hat meine Schwester behauptet und mit der Kreide auf den Terrassenstein gemalt.

Papa telefonierte oft. Von Italien nach Deutschland und von Deutschland nach Italien. Das Haustelefon in der einen Hand, in der anderen ein Kuli, mit dem er auf alten Kassenbons oder irgendwelchen Zetteln rumkreiselte. Seine Muttersprache wurde eine Telefonsprache und unsere Vatersprache eine, die woanders gesprochen wurde. Er telefonierte so lange, bis unser Haustelefon warm und schwitzig, die schwarzen Zahlen auf den milchig weißen Telefontasten vom vielen Wählen abgenutzt und alle losen Zettel vollgekreiselt waren.

Habe ich so gelernt, dass Heimat immer weit weg ist?

Jeden Sommer fuhren Mama, Papa, meine Schwester und ich in unserem unklimatisierten Bulli deutsch-österreichische Autobahnen hinunter mit einem Kofferraum voller Muttersprache, Campingkocher, Wanderschuhen und keimender Scham auf der Rückbank.

Nonnos Augenbrauen wurden taubenflügelgrau und buschig. Sie standen in zerzausten Heuhaufen unter der Summe seiner Stirnfalten. Seine Lider wurden Decken, oft und sehr heiß gewaschen, der Stoff immer weicher und dünner. Seine Augen blickten meistens abwesend unter ihnen hervor. Sie suchten während Gesprächen oft die Tischdecke, und wenn der Blick auf das grünrote Karomuster nicht ausreichte, nahm er seine Hände dazu und faltete, friemelte langsam. Die Härchen über seinen Augen wurden zu gestandenen Haaren, die über sich hinauswuchsen und das in einer Zeit, in der ich mich zum ersten Mal und ab dann wegen Haaren schämte: aus Scham schämen, für und wegen Scham schämen, Haare schämen, Fettenthaarungscreme, Pinzette zupfen, Scheren reißen. Entwurzelung mit heißem Zucker durch fremde Hände, vor denen ich mich zwar auch schämte, aber nicht so doll wie vor Junge.

Die Heuhaufentaubengraubrauen flatterten ihre haarigen Flügel nach oben. Ob Mann zum

Augenbrauenstutzen eine Frau braucht? Ob man für kurze Brauen verheiratet sein muss, weil einem sonst niemand sagt, dass da was flattert? Seinen Brauenüberschuss kompensierte ich mit Pinzettenbissen, ganz nah an den Wurzeln, entwucherten, ausuferten Zupftiraden, zwei Finger über der Wasserlinie. Gebeugt über das Waschbecken in den Spiegel, ein Köpfer in die eigenen Umrisse, Kinn voran und mit großen Augen kleben bleiben am Glas. Mit Erschrecken feststellen, dass aus Leberflecken lange dunkle Haare kommen, und sich schwören nachzuprüfen, jeden dritten Tag.

Die Bravogirl-girls glattblonddünn – ich/auch/wollte, musste: die Haare bis zur Hüfte platt zu einem Vorhang, den ich jederzeit und liebend gerne zugezogen hätte, an dem alles abgeperlt wäre wie an einer Dusche. Hinter zugezogenen Haaren das Zusammenreißen lassen, den Rippen wieder näherkommen, passen un(d)passen lassen. ver-(stauen) (schnaufen) -stecken, wenigstens das pustelnde und den Oberkörper und wohin mit (ge)sich(t)?

Ab in die Augen mit den Zweifeln, die Zweifel in den Blick und ab jetzt beim Familienessen Falten scannen, die drei Männer betrachten und ihren Vater, Ähnlichkeiten in den Gesichtern finden: die schiefe Nase, die linken Augenbrauen, in zwei Gesichtern höher als die rechten und von ihnen ausgehend eine Falte wie ein Kondensstreifen im Himmel vor den horizontalen

Linien auf der Stirn. Das Ohr vom Ältesten, es faltet sich da, wo es mit der Schläfenhaut verwachsen ist, die Haut an dieser Stelle dünn und fein aufgestaut. Ob das Risse sind? Ob meine Ohren später auch so groß werden? Und wie Nonna ausgesehen haben kann. Und ob die Ohren größer werden, damit man wieder besser hört, oder einfach nur das Läppchen schlaffer. Und er sagt gar nicht so viel, der alte Mann, und gleichzeitig ist er der Einzige, der spricht.

Wohin mit dem Gesicht, wenn Concealer orange oder rosa und fleckig ist und die Pickel Hügel Schneekuppen kriegen, im Gebiss eine feste Spange klebt und klammert, die Haare im Zopf geklammert, zusammenpress, in die Reihe ziehen, glattbürsten, Formation föhnen und bluten in die Hose, da drüber stehen, wenn der Schwarm aus dem Ranzen die Tampons klaut, auskippt und im Waschbecken aufquillt, bis alle gesehen haben, wie ekligekligeklig das ist, was du dir reinmachst.

Und du willst was sagen, aber es geht nicht, es geht nur mit gesenktem Kopf die Chucks schnüren und in der Ecke mit Kuli kreiseln und kritzeln und schreiben, was nicht gesagt werden kann, weil es dafür eine Stimme bräuchte und Luft und eine Sprache und die Zähne schmerzen bis in den Kiefer, und man würde sowieso nur die Essensreste in der Spange sehen beim Sprechen und außerdem hat er ja Recht damit, dass das eklig ist. Und dann hast du dich ganz umsonst präventiv geschämt, weil es sich in dem Moment trotzdem peinlicher anfühlt, als im Albtraum.

Was sich neckt, das liebt sich, sagt Mama. Der wisse bestimmt einfach nicht, wie er mit Gefühlen umgehen soll. Die Woche darauf schreibt er wirklich SMS und ruft manchmal an, und dann klingelt mein Klappnokia mit WH-WH_WH_WH_WHAT DID YOU SAY? BOM WHATCHA SAYYYYY MHM BET YOU ONLY MEANT WELL MHM WTACHA SAYYYY – siehst du, er hat das nicht so gemeint.

Aber seine Augen make me wanna im Armdrücken gegen ihn gewinnen und stärker sein als er, stärker sein als schwach in seinen Augen, ihm sagen, dass er stinkt und dass er mit dem Seitenpony nicht mal aussieht wie Justin Bieber und sowieso Duftmarken dahin setzen, wo es bergab geht und ein Spritzer Erdbeerparfüm in seine Richtung. Trotzdem erstmal keine Tampons benutzen, um Schmähungen zu schmälern. Den nächsten Sommer in der Hitze fast in meiner Binde ohnmächtig werden vor lauter Periode, im Po-Delta in einem Holzboot Gebärmutterschleimklumpen krampfen, dazu ein paar Komm-stell-dich-nicht-so-ans auf den ibu-flauen Magen, eins noch, dann übers Bug beugen und schnell für links oder rechts entscheiden.

Schilf, so knisternd wie die Bindenseitenlaschen, Treibholz fast so bleich wie ich.

Das war der erste Sommer, in dem unsere Mutter nicht mehr mitkam. Papa telefonierte oft bis spät in die Nacht im Flur, neben der Haustür mit Nonnos beigem Schnurtelefon. In seiner Stimme, Resignation, seine Antworten knapp. Es war offensichtlich, dass sich etwas ändern würde. Er fuhr mit uns ans Meer. Papa hatte das »Nostalgia Ultra« Mixtape von Frank Ocean auf CD gebrannt, es schallte aus den Autoboxen, Autofenster runtergekurbelt und alle Arme rausgestreckt in die Sonne am Meer entlang, dass der Wind durch die Blechhülle trommelte my grandaddy was a playayayaaaaaa, und wir auf den Rücksitzen brüllten mit und später dann: there will be tears, i have no doubt

3

growing up – breaking down, rapid eye movement im angesicht zu angesicht auge in auge mit dem flirrenden JETZT sich sehnen breaking up breaking with einem ex-firmen-morgen das nun angewärmt auf katastrophale durchschnitte bricht in der mitte einer erdoberfläche, sie schwitzt, ich schwitze, wir schwitzen, es stinkt nach: hier läuft etwas grundsätzlich falsch und männer in anzügen machen damit profit, ich versteh ihre sätze nicht, sehe münder, die sich leer bewegen zu aufgesetzen gesten, große worte und keine emotionen und meinem kopf trauen oder dem bauch, ich weiß es nicht die planet-hormone spielen sich ineinander, brechen aus, den untergrund auf wie pickel rasurpickel, abholzpickel, die erde blutet und ich mit ihr, den abfluss runter versuche ich die scham runterzuspülen und alles, was ich nicht sein will und zweifel großgezogen plazentatransmittert die wahrheit zu bitter und wissen zwischen zu viel und zu wenig ist kein ort, ist nicht platziert, es passiert, zugeschrieben zu werden, das schreibt sich ein fängt an fänge reinbeißen macht abdrücke auf mind und mund, macht spuren auf körper und grund

growing up bedeutet: realisieren, dass im-moment-leben solange und nur möglich war, sofern andere ihn davor und danach aufräumten, ihn auf- und vorbereiteten, den apfel in stücke schnitten, die überreste des moments einsammelten und jede ort/zeit-transition betreuten: vom tag in die nacht schlaflied – gutenachtgeschichte, von a nach b gleitet

growing up bedeutet: aufwach(s)en groß werden zeitsturz. auf eigenen beinen stehen ohne stützräder an den eigenen beinen nicht gut genug sein und wer pustet? – jetzt wo wir das und wir da sind, was/wo wir so dringend sein wollten?

auf wachsen kommt von wachs. von geformt sein von geformt worden sein von kleben und substanz abgeben können, vom schmelzen können wenn's zu heiß und komplett neuformbar sein, wachsen von wachstum und schmerzen phantome wo ich doch eigentlich noch klein, phantasmen, wo ich viel älter bin in den fingerspitzen und sich fragen, ob alle vergangenen versionen deiner selbst sich heute echt in deinem fleisch unter selbstgekauft und selbst bezogenen decken verkörpern oder aufeinander treffen

growing up
growing with
growing to accept, except
die ungewissheit dieser welt vergewissert sich (nicht)

Paula Eckelt

Weit genug

3. Preis des Erika und Klaus Mann-Preises 2025

Ich erinnere mich genau an den Tag, an dem ich Annie McGill das erste Mal begegnete. Es war zu Beginn des dritten Schuljahres, als ich in einer lärmenden Gruppe von Kindern den Klassenraum betrat. Sie fiel mir sofort auf, wie sie dort allein an einem Tisch saß und gelangweilt mit einer Strähne ihres blonden Haares herumspielte. Ich war fasziniert von der Gelassenheit, mit der sie uns entgegensah. So blieb ich vor ihrem Tisch stehen, als alle an mir vorbei in den Raum drängten, und starrte sie eindringlich an. Sie hob eine Augenbraue und reckte das Kinn nach oben, wobei sie leicht den Kopf neigte. Hastig versuchte ich, ihren blassen Augen auszuweichen, die mich kühl musterten, und blickte stattdessen auf meine Schuhe.

Ich war ein schüchternes Mädchen, das den Leuten keine Umstände bereiten wollte, weswegen mich ihre vermeintliche Feindseligkeit erschreckte. Als ich es wagte, kurz zu ihr aufzusehen, lachte sie und streckte mir ihre schlanke Hand entgegen. »Annie. Annie McGill«, sagte sie mit heller Stimme. Zögernd ergriff ich die Hand. »Debra Miller«, murmelte ich und blickte erneut zu Boden. Natürlich wusste ich sofort, wer sie war. Die McGills waren vor zwei Jahren nach Prescott gekommen und hatten mit ihrer demonstrativen Gleichgültigkeit gegenüber den Belangen der kleinen Gemeinde bald den Unmut der Alteingesessenen auf sich gezogen. Man hielt sich allgemein von der Familie fern, denn es war ein offenes Geheimnis, dass die McGills Trinker waren. James McGill, Annies Vater, war darüber hinaus für seinen Jähzorn bekannt, in dem er zu heftigen Gewaltausbrüchen neigte. Erst im letzten Jahr hatte er Frank Kinney während einer Schlägerei im *Rosie's* die Nase gebrochen. Die Kinder der McGills waren schmutzig und fluchten selbst während des Gottesdienstes, bis Reverend Mercer die Augen zur Decke schlug und den Herrn still um Nachsicht bat. Annie war anders. Zwar fluchte auch sie und war auf dem Schulhof ein ums andere Mal in Raufereien mit den Jungen verwickelt, während wir anderen Mädchen aus sicherer Entfernung zusahen. Viele Jahre später musste ich an die Flecke und kleinen Löcher in Annies Kleidern denken, die ich in der Bewunderung für meine Freundin damals übersehen hatte. Doch besaß Annie zweifellos auch eine Zartheit, die den anderen McGills, die in ihrer Art und Erscheinung zur Grobschlächtigkeit neigten, gänzlich fehlte. Dieser Umstand war es auch, der mich dazu bewog, den freien Platz gleich neben Annie zu wählen. Während unsere Lehrerin Miss Parker unsere Namen aufrief, betrachtete ich ihr feines Profil. Als Miss Parker bei Annies Namen angekommen war, stockte sie kurz. »McGill, ja?«, fragte sie. »Jawohl, Miss«, antwortete Annie lächelnd und ohne den Zweifel in Miss Parkers Blick und das Flüstern der anderen Kinder zu bemerken. Rückblickend kann ich mit einiger Gewissheit behaupten, dass sie sehr wohl um die Wirkung wusste, die der Name ihrer Familie bei den Leuten hervorrief. Ich fühlte mich gleich angezogen von ihrer trotzigen Kühnheit. Von diesem Tag an waren wir unzertrennlich.

Die Sommer verbrachten wir am Fluss, den wir »Fluss Aria« nannten, weil er sich in großen Bögen durch die Landschaft schwang. Zu Beginn der hellen Jahreszeit hatten wir hier gebadet, gemeinsam mit Danny und den anderen Jungen aus der Schule. Es hatte Annie nichts ausgemacht, sich nur mit ihrer

Unterwäsche bekleidet in das eisige Wasser hineinzuwerfen. Ihre bleichen Arme und Beine erschienen gelegentlich an der Oberfläche, die sie mit ausladenden Zügen durchbrach. Ich hatte eine Zeit lang am Ufer gesessen und dem Treiben zugesehen, zu schüchtern, um meine eigenen Kleider abzustreifen. Meine Frauwerdung ging damals mit viel Scham und zahlreichen Kränkungen einher, insbesondere da sie viel zögerlicher begann als bei meinen Schulkameradinnen. So wurde ich zusätzlich zu meiner eigenen Verunsicherung oft zum Ziel von Spott und Häme der anderen Mädchen, woraufhin Annie sie wüst beschimpfte. Ich erinnere mich daran, wie Danny mit bloßen Händen einen Fisch fing und ihn unter dem aufgeregten Kreischen der anderen ans Ufer brachte, wo er ihn mir vor die nackten Füße legte. Wir starrten gebannt auf den Fisch, der noch eine Weile verzweifelt zappelte, als könnte er sich zurück ins Wasser werfen, und schließlich seinen langsamen Tod in der Sonne starb. Wir schwiegen. Aus runden, dunklen Augen blickte er uns traurig an, als wüsste er um unsere Schuld.

Mich überkam zunächst eine unbändige Wut auf Danny, der uns mit seinem Übermut in diesen Moment der Verlegenheit hineingerissen hatte. Mein Zorn wich im nächsten Moment einer leisen Zärtlichkeit, als ich erkannte, dass der Fisch ein Geschenk gewesen war, ein Geschenk von Danny an mich. Langsam stand ich auf, streifte mir mein Kleid über den Kopf und stieg hinab zu ihm, wo er mir die Hand reichte.

Ein paar Wochen später war der Staub gekommen, der sich zuverlässig wie in jedem Jahr auf unsere gesamte Welt legte. Zwar kannte ich die großen Sandstürme, wie sie in den 1930er Jahren über Kansas hinweggefegt waren, nur in Form von blassen Erinnerungen. Ich war zu jung gewesen, um die Vernichtung der Ernten und den Hunger zu sehen, den der Staub über die Farmer gebracht hatte. Viele hatten ihr Land zurückgelassen und waren in Richtung der Westküste gezogen, wo man sie in Lagern zusammenpferchte und Krankheit und Elend überließ. Das Land hatte sich währenddessen erholt, und die Zurückgebliebenen hatten ihre Arbeit auf den Feldern aufgenommen, als wäre nichts geschehen. Dennoch erlebte ich Jahr für Jahr die Unsicherheit in den Gesichtern der Älteren, wenn die ersten Sandkörner in den Augen brannten. Ich mochte die Stimme meines Vaters in dieser Zeit des Jahres nicht, und der sorgenvolle Blick meiner Mutter veranlasste mich dazu, das Haus tagsüber nach Möglichkeit zu meiden. Abends kehrte ich zurück, und meine Mutter schimpfte über den Staub in meinem Haar und in meinen Kleidern. Dennoch waren es leuchtende Tage, und es wäre mir niemals in den Sinn gekommen, dass sie jemals enden könnten, denn zu ewig fühlte sich die Gegenwart an.

Annie wollte Schauspielerin werden und oh, ich hatte keinen Zweifel daran, dass sie es schaffen würde. Im dritten Jahr unserer Freundschaft hatte sie es sich zur Angewohnheit gemacht, sich eine Zigarette locker zwischen die schlanken Finger zu klemmen. Nicht, dass sie auch geraucht hätte, nein. Trotz der Beiläufigkeit, mit der sie die Zigarette hielt, entfaltete diese Geste eine ungeheuer theatralische Wirkung. Ich vermute, dass sie sich die von Joan Crawford in dem Film *Mildred Pierce* abgeschaut hatte, dem einzigen Film, den wir bis dahin gesehen hatten. Annies älterer Bruder Billy Francis hatte uns damals in seinem Pickup nach Kansas City mitgenommen. Wir hatten uns auf der Ladefläche zusammengekauert, während Billy den Pickup absichtlich über die kraterhaften Schlaglöcher steuerte, bis wir kreischten und jauchzten. Im Kino hatte Annie die kleine Tüte mit Konfekt nicht angerührt, die wir von dem Geld gekauft hatten, das meine Mutter mir zugesteckt hatte. Stattdessen hatte sie auf die Leinwand gestarrt, auf der sich Joan Crawford Zigarette um Zigarette anzündete.

Der Einzige, der noch überzeugter von Annies herausragendem Talent war, war der alte Joe Harlan. Er lebte in einem kleinen Haus am Rande der

Brachfelder. In der Stadt machte man sich zwar lustig über ihn, doch geschah dies in einer liebevoll neckenden Art und Weise. Angeblich hatte er in den Jahren der großen Sandstürme sein Haus vor einer Gruppe Hobos beschützt, die in dieser Zeit die leerstehenden Farmhäuser nach zurückgelassenen Kostbarkeiten durchsuchten. Man musste sich vor ihnen in Acht nehmen, denn diese Männer, getrieben von Hunger, hatten nichts anderes zu verlieren als ihr Leben. Mit nur zwei Kugeln im Revolver hatte der alte Joe gleich fünf von den Kerlen verjagt. Leider konnte nur er selbst die Geschichte bezeugen, und in der Stadt wurde sie mit einem Augenzwinkern weitererzählt. Nach der Schule verabschiedete Annie sich häufig, um den alten Joe zu besuchen. Auf meine Frage hin, was die beiden während ihrer Besuche taten, antwortete sie nur: »Proben.« Als sie bemerkte, dass ich mich mit dieser Antwort nicht zufriedengeben wollte, fügte sie hinzu: »Himmel Deb, der alte Joe ist nicht verrückt, er ist's kein bisschen.« Und damit ließ sie mich allein. Ich empfand damals einen unschuldigen Neid auf Joe Harlan. Er teilte eine Welt mit Annie, die mir gänzlich fremd war und zu der die beiden mir den Zugang beharrlich verweigerten. Die Vertrautheit zwischen den beiden bereitete mir jenen Schmerz, den nur die Ausgeschlossenen kennen. In meiner Einsamkeit begann ich damit, meine Gedanken in einem kleinen Heft zu notieren. Anfangs waren es nur einzelne Worte und Satzteile, mit denen ich versuchte, meiner Trauer über Annies Grausamkeit Ausdruck zu verleihen. Doch mit der Zeit entwickelte sich ein unaufhörliches Schäumen in meinem Inneren, das nach Außen drängte. So beschrieb ich Seite um Seite, verwandelte das Chaos in mir in Zeilen. Bald bemerkte ich, dass sich beim Schreiben Leerstellen auftaten, überall dort, wo es mir an Erfahrung fehlte. Also versuchte ich, diese Räume zu füllen, indem ich Figuren und Gefühle schuf, die mir fremd waren und mit denen mich nichts verband. Ich dachte sie mir aus und nährte sie so lange, bis sie mir fast real erschienen. Niemals hätte ich sie jemandem anvertraut, denn in jedem von ihnen steckte ein Stück meiner Vorstellungskraft, die dringend geheim bleiben musste. Diesen Vorsatz brach ich an jenem Tag, und bis heute bin ich mir sicher, dass dies der Anfang vom Ende war.

Annie saß auf der Veranda vor dem Haus der McGills und drückte sich die Hände fest auf die Ohren. Ich glaubte, von drinnen Schreie und zerberstendes Glas zu hören, und vermutete einen der Wutausbrüche ihres Vaters. Sie blickte abwesend geradeaus und wiegte sich leicht hin und her, die Zigarette ruhte in ihrer Hand. Erst als ich genau vor ihr stand, schien sie aus ihrem Schlaf zu erwachen und zuckte zusammen. »Weißt du, Debbie, es ist doch so: Mom hasst

Dad und kann doch nicht gehen. Verdammt, ich wünschte, sie könnt's. Ist doch ein Ding, dass es uns genauso gehen wird, mir und dir und meiner großen Schwester Maggie und sogar der kleinen Kitty. Viel Geld müssten wir haben, dann könnten wir gehen. Wenn das nur mit der Schauspielerei klappen würd', ich würd' euch alle mitnehmen«, murmelte sie abwesend und stand auf. Ohne ein weiteres Wort zu sprechen, machten wir uns auf den Weg zum Fluss Aria. Ich wollte Annie Trost spenden mit dem, was ich als Nächstes tat.

Sie las aufmerksam und mit gerunzelter Stirn. Mit dem Zeigefinger fuhr sie die Zeilen entlang, Wort für Wort. Als sie auch die letzte Seite gelesen hatte, schlug sie das Heft zu und schwieg. Dabei rollte sie die Zigarette nachdenklich in ihrer Hand hin und her. »Wie findest du es?«, fragte ich scheu, mein Herz gespannt und darauf wartend, unter dem Gewicht von Annies Urteil zu zerspringen. Annie schloss die Augen und seufzte. Ich begann gerade zu bereuen, ihr das Heft gezeigt zu haben, als sie ihre Augen öffnete und mich an den Schultern packte. »Das ist gut, das ist verflucht gutes Zeug. Und ich erkenne verflucht gutes Zeug, wenn ich's sehe!«, sagte sie mit beinahe komischem Nachdruck. »Damit musst du zur Zeitung, die werden's dir aus den Händen reißen! Verdammt, Deb!«, rief sie und warf ihre Arme in die Höhe. »Meinst du?«, fragte ich schüchtern.

»Na und ob. Debbie, ich verwette den Schmuck meiner Tante Marge darauf, dass diese feinen Kerle nicht genug davon bekommen werden! Teufel! Stell dir nur vor, was wir von dem Geld machen könnten, du und ich …« Dann schwiegen wir und blickten auf das Wasser, das sich an diesem Tag langsam und träge dahinschleppte.

Als es zu dämmern begann, standen wir auf und verabschiedeten uns vom Fluss Aria. Auf dem Weg versuchten wir zu scherzen, doch uns war beiden nicht zum Lachen zumute, und so gingen wir die meiste Zeit still. Vor unserem Haus trafen wir auf meine Mutter, die auf uns gewartet hatte. »Tag, Mrs. Miller«, sagte Annie. »Guten Tag, Annie. Bleibst du zum Abend?«, fragte meine Mutter. Meine Eltern hatten meine Freundschaft mit Annie McGill nach anfänglicher Skepsis akzeptiert und sie mit der Zeit regelrecht lieb gewonnen. »Nee, ich hab' meiner Mom versprochen, dass ich nach Kitty sehe, wenn sie mit Dad heut' Abend in die Stadt zu *Rosie's* geht, bisschen trinken. Das tun sie in letzter Zeit verdammt oft, also wenn sie gestritten haben, und sie streiten verflucht oft …« Annie blickte uns kurz verwirrt an, so als hätte sie ein Geheimnis verraten. Dann trat sie nervös von einem Fuß auf den anderen und fuhr sich fahrig durch das blonde Haar. »Ich verstehe. Richte deiner Mutter einen schönen Gruß aus«, sagte meine Mutter, und Annie lächelte verlegen. »Das werd' ich, da können Sie sich drauf verlassen. Also dann, auf Wiedersehen, Mrs. Miller. Auf Wiedersehen, Deb.«

Meine Mutter und ich sahen ihr nach, wie sie mit langsamen Schritten die Straße hinunterging. Als sie am Ende angekommen war, drehte sie sich noch einmal um und blickte zurück. Sie öffnete halb den Mund, als wollte sie noch etwas sagen. Wenn ich an diesen Moment zurückdenke, dann dehnt er sich weit aus, verlangsamt sich und steht schließlich still. Meine gesamte Jugend scheint auf diese Sekunde hinauszulaufen, und all die anderen Erinnerungen treten blass hinter ihr zurück. Vielleicht hätte es mir in diesem Moment auffallen müssen, vielleicht war mein sonst so wachsamer Blick damals getrübt. Vielleicht hatte sich der Staub nicht nur auf unsere Kleider gelegt, sondern auch auf mein Herz.

Nach einer Ewigkeit streckte Annie endlich den Rücken durch und wirbelte herum. Mit schnellem Schritt verschwand sie aus unserem Sichtfeld, eine kleine Staubwolke zeichnete ihren Weg nach. »Hatte sie denn nicht etwas auf dem Herzen?«, fragte meine Mutter. Ich schwieg. Mit einem Mal empfand ich einen Zorn auf Annie, der mich selbst erschreckte. Wieder hatte sie mich ausgeschlossen, und ich fühlte mich auf eine seltsame Art und Weise betrogen. Nachdem ich ihr mit meinen Texten mein

Innerstes offenbart hatte, traf mich Annies Grausamkeit tief. Ich schüttelte langsam den Kopf. »Es ist nichts.«

Am nächsten Tag war Annie verschwunden. Der Platz neben mir im Klassenzimmer blieb leer. Das war nicht weiter ungewöhnlich, denn Annie legte, was ihre Schulbildung betraf, keinen großen Ehrgeiz an den Tag und blieb dem Unterricht oft fern. Ich hatte keine Ahnung, was sie stattdessen an jenen Vormittagen trieb, und akzeptierte es als ein weiteres ihrer kleinen Geheimnisse. Erst als Sheriff Hanley den Raum betrat, beschlich mich ein ungutes Gefühl.

Der Letzte, der Annie gesehen hatte, war der alte Joe. Bleich und zitternd hatte sie am Abend vor seiner Tür gestanden, unfähig, auch nur einen verständlichen Satz herauszubringen. Er hatte sie hereinbitten wollen, doch noch ehe er zur Seite treten konnte, hatte Annie kehrt gemacht und war den kleinen Feldweg zurückgerannt, der zu Joes Haus führte. Er hatte ihr kummervoll nachgesehen und einen kleinen Holzblock in die Tür gestellt, falls sie zurückkehren sollte. Dann hatte er sich an den Küchentisch gesetzt und einige Stunden gewartet, bevor er seinen Hut aufsetzte und sich in die Stadt begab, um das Verschwinden von Annie McGill zu melden. Zu diesem Zeitpunkt war Dorothy Simmons, die im Haus neben den McGills wohnte, vom lauten Kindergeschrei alarmiert nach nebenan geeilt und hatte die kleine Kitty sowie die anderen McGill-Kinder verängstigt vorgefunden. Von Annie gab es keine Spur.

Ihr Verschwinden schien beinahe niemandem aufzufallen. Zwar redeten die anderen Mädchen in den ersten Tagen davon, dass sie mit einem Jungen aus Kansas City durchgebrannt sei. Sobald ich mich näherte, verstummten sie und zerstreuten sich, sodass sich meine Einsamkeit zu einer unerträglichen Isolation zuspitzte. Als ich glaubte, meinen Verlust nicht mehr länger aushalten zu können, war plötzlich alles wie zuvor, als hätte es Annie nie gegeben. Danny und die anderen Jungen sprangen in den Fluss Aria wie in jedem anderen Sommer auch. Der Staub wich dem Regen, als es Herbst wurde, und die Dinge nahmen ihren gewohnten Lauf. Zuweilen fragte ich mich, ob ich mir Annie in all diesen Sommern nur eingebildet hatte. Wenn ich mich abends im Bett unruhig hin und her warf, stellte ich mir vor, wie sie an jenem schicksalhaften Abend am Highway gestanden hatte und schließlich auf die Ladefläche eines Pickups gestiegen war, der sie nach Kansas City mitnahm. An der großen Union Station kaufte sie eine Fahrkarte für den Super Chief, der sie an die Westküste brachte. Dort würde sie, berauscht vom Reichtum des goldenen Staates, in eines der Filmstudios spazieren. Und hinter einer Tür wartete derjenige, der Annies Einzigartigkeit erkennen würde.

Ich weiß nicht, was aus ihr wurde. Bei jedem Film, den ich mir ansah, wartete ich darauf, dass Annie auf der Leinwand erschien, so unverhofft und plötzlich, wie sie es bei unserer ersten Begegnung getan hatte. Doch sie kam nicht.

Derweil plagten mich Schuldgefühle, und ich machte mir entsetzliche Vorwürfe. Wie hatte ich nicht erkennen können, dass Annie mein Geschenk nicht ertragen konnte? Niemand hatte es mir in die Hände gelegt – es war ganz einfach da. Ich weiß nicht, wie die Geschichten in meinen Kopf gelangt waren, ob ich mit ihnen vielleicht auf die Welt gekommen war. Als ich mit Anfang zwanzig meinen ersten Roman veröffentlichte, sah ich mich einer Welle von Anfeindungen ausgesetzt, die mich mit voller Wucht erreichte. Meine Texte hatten etwas entfesselt, das sich wohl am besten als männliche Entrüstung beschreiben lässt. Sie hassten jedes Wort, das meiner Gedankenwelt entsprungen war. In kurz gehaltenen Rezensionen attestierten sie mir eine naive Überempfindlichkeit, die als Beleg meiner Einfältigkeit keinen anderen Schluss zulasse, als dass meine Texte nicht nur keine Beachtung finden sollten. Vielmehr sollten sie verschwinden in der Vergessenheit, in der viele der Geschichten von uns Frauen damals verschwanden. Ich spürte zum ersten Mal die Verzweiflung, die Annie an jenem Tag gespürt hatte und die sie zu ihrer Flucht bewegt hatte. Wir lebten in einer Zeit, in der wir als Frauen mit all unseren Begabungen und Sehnsüchten immer wieder an die Grenzen stoßen mussten, die uns die Männer gesetzt hatten. Als ich mit meinen Geschichten im Begriff war, zaghaft vorangehend einen Fuß in eine neue Welt zu setzen, da begriff Annie nicht, dass sie es gewesen war, die mir die Tür bereits vor langer Zeit geöffnet hatte. Und dass ich sie mitgenommen hätte in die neue Welt, weit genug.

Nora Niederstadt

Das Gewicht eines Donnerstagabends

Was macht man mit drei Minuten?

Hundertachtzig Sekunden, die sich räkeln wie ein fauler Tiger im Zoo, nah genug, um gesehen zu werden – mit schmelzendem Wassereis verklebte Kleinkindhände, die sich strecken, die auf das zeigen, was Mama und Papa eher gelangweilt betrachten, müde von der Sonne und fettigem Essen auf verkratzen Tabletts –, aber doch zu weit entfernt von der milchigen Plexiglasscheibe, um die Spannung aufrechtzuerhalten.

Auf der Digitaluhr blinkt der Doppelpunkt zwischen Stunden und Minuten geduldig.

Der Tiger hat Zeit.

Also steht Ava vom Sofa auf, geht in den Flur, ohne wirklich zu wissen, warum. Vor der Badezimmertür liegt Wäsche, unachtsam hingeschmissen, als sie gestern nach Hause kam – sie schläft nicht gut, schon seit Tagen, und bleibt zu lange draußen.

Ein schwarzes Top und ihr guter BH schmiegen sich an die Türkante, halb darunter verfangen, und rutschen mit, als Ava ins Bad geht. Sie erinnern sie an den Seetang, der im flachen Wasser der Ostsee an Steinen und Stegen hing, mit den Wellen hin und her wiegte wie kiwigrünes Haar in der Badewanne.

Kindertage: Ausgeblichener Sand, der sich flach bis zum Horizont hinstreckt, Minigolf, mit fleckigem Plastik bezogene Strandkörbe und Drachen, die den Himmel lecken, in gelb und rot und rosa. Hannes mochte keinen Fisch, und wenn sie fünf Euro von Mama bekamen, dann teilten sie sich ein Fischbrötchen-Menü, um noch Geld für Süßigkeiten zu haben – das Brötchen für Ava, die Pommes für Hannes, und dann mit einer Plastikzange Gummibärchen aus einzelnen Fächern: eine rote Schnecke, Colafläschen, Maoam.

Ava muss die Tür leicht anheben, um den BH hervorzuziehen.

Sie schmeißt ihn in den Wäschekorb, der schon jetzt überquillt wie ein Hefeteig aus gemusterten Textilien, und geht in die Wohnküche, auf einmal sicher, zu spät zu sein für den Anruf, der ihr schon seit Stunden im Kopf herumschwirrt wie Möwen über stadtblasse Strandtouristen.

19:58. Noch zwei Minuten.

Die Raubkatze streckt sich genüsslich.

Früher war es nicht so.

Zeit hat sich normal angefühlt – ein wenig dehnbar, wie Kaugummi, vor allem in der siebten Stunde am Donnerstag, Physik bei Frau Terl; vielleicht auch mal schneller, wie wenn man vom Dreier springt, aber ansonsten passend.

Ava weiß noch, wie sie müde auf der Rückbank saß, die Augen halb geschlossen, die schwimmbadnassen Haare kitzlig im Nacken; wie Mamas Silhouette zwischen langsamer werdendem Blinzeln verschwamm und draußen, auf der dunklen A7, rote und weiße Kometen vorbeizogen.

Im Auto war es schummrig, und neben ihr atmete Hannes tief. Das einzige Licht im Wagen waren glühende Zahlen auf dem Armaturenbrett, und Ava zählte im Kopf die Sekunden mit, während sie leuchtend rot vorbeihuschten – siebenunddreißig, achtunddreißig, neununddreißig.

Jetzt zieht sich die Zeit, und Ava denkt, sie könnte wahrscheinlich die Millisekunden zählen, jedem Blinken der Digitaluhr zuvorkommen.

Eine seltsame Form der Einsamkeit, dieses Warten. Draußen zwitschern die Vögel, fast schon zu süß und sommerlich, wie kandierte Früchte. Ava sitzt im Schneidersitz auf dem Sofa, allein.

Wenn sie zu lang darüber nachdenkt, gerät alles ein bisschen ins Wanken, fährt ein eigenartiges Zittern durch ihre Finger.

Sie zuckt zusammen, als das Telefon klingelt.

19:59. Hannes hat keinen Tiger zuhause.

»Hi!«

Ihre Stimme ist zu laut für die Stille im Wohnzimmer.

»Hi.«

Da ist ein Lächeln in der Stimme ihres Bruders, und Ava kann es vor sich sehen. Seltsam, dass man Gesichtsausdrücke selbst durchs Telefon hört, denkt sie, dass Biologie und Physik es schaffen, ihr den Geist seines Lächelns durch den Hörer zu knistern.

»Wie geht's?«

»Sollte ich das nicht dich fragen? Herzlichen Glückwunsch!«

Sie verzieht das Gesicht und fragt sich, ob Hannes es hören kann. »Danke.«

Akustisches Abwinken.

Ava zieht die Knie an, verlagert ihr Gewicht auf dem Sofa.

Falls Hannes ihre Unsicherheit hört, lässt er es sich nicht anmerken. »Ich kann nicht glauben, dass du fertig bist. Hast du schon mit Mama und Papa telefoniert?«

»Klar.« Ava schaut stur auf den Faden, den sie aus dem Shirt zupft. »Du kennst sie doch, Papa hat mir direkt nach der Prüfung geschrieben.«

Ein geatmetes Lachen. »Typisch. Aber hey, lass ihnen die Freude, es ist doch schon ein richtiger Meilenstein, das muss man als Eltern ausnutzen.«

»Naja, ich mach ja wahrscheinlich noch den Master.«

Jetzt lacht Hannes wirklich. »Ach komm, lass dich doch mal ein bisschen feiern!«

Unwillkürlich heben sich Avas Mundwinkel, obwohl ihre Fingerspitzen kalt sind und ihre Kniekehlen feucht – es ist zu warm, auch mit geöffnetem Fenster. »Hast recht. Danke.«

»Ey«, sagt Hannes, und im Hintergrund ist kurz weißes Rauschen, als würde er sich auf einem Sitzsack umdrehen oder ein Glas Wasser an der Spüle einfüllen, »ich hoffe du weißt , dass ich jetzt mit allen Mathefragen zu dir komme.«

»Hast du doch eh immer gemacht.«

»Ja, aber jetzt hast du offiziell recht.«

Und Ava spannt die Beine an, bis es kribbelt, und krallt ihre Nägel in den Stoff des T-Shirts, aber atmet ein Lachen durchs Handy, ein Lachen, das nicht mal an den Rändern nach Salz schmeckt. Das ist das Gute am Telefonieren, sie ist unsichtbar, muss nur ihre Stimme im Zaum halten.

Es ist wie damals die Übernachtungspartys, bei denen Dunkelheit es einfacher machte, zu reden – als würden Emma und Sarah und Lin nicht wissen, dass es Ava war, die redete, als wäre sie im Schutz von Schlafsäcken und zu viel Zucker auf einmal jemand anders. Ava weiß noch, dass Sarah aus einer Pferdezeitschrift Aufsätze mit Schattenrissen für ihre Taschenlampe hatte, und dann sahen sie, warm und müde, die dunklen Umrisse von Sternen und Ponys an der Decke und redeten übers Verliebtsein und darüber, wie es wäre, wenn ihre Eltern tot wären.

In Bars fallen Ava diese Gespräche heute leichter als Small Talk und die Antwort auf ein einfaches *Wie geht's.*

Hannes redet weiter, aber Ava kann sich nur darauf konzentrieren, dass sie beim ersten Anruf zwischen Umzugskisten fand, seine Telefonstimme klänge anders, und jetzt keinen Unterschied mehr feststellen kann.

Draußen singt eine Amsel leiernde Tonleitern.

Avas Blick schweift wie zufällig durchs Wohnzimmer, aber sie kennt sich zu gut – ihre Augen sind wie die Fruchtfliegen, die im Schuppen von Omas Schrebergarten an Fliegenpapier hingen wie an klebrigen Luftschlangen, und wandern unwillkürlich zum Küchentisch.

Zwei Briefumschläge, mit blauen Stempeln gebrandmarkt.

Einer, halb unter dem Teller, von dem sie ihr Frühstück gegessen hat, ist dick und hellgrau. Emmas Schrift, direkt erkennbar.

Wie seltsam, denkt Ava, dass wir alle dieselben Buchstaben lernen in der Grundschule, sogar dieselbe Stifthaltung, und dass sie die Schrift ihrer besten Freundin trotzdem direkt erkennt – woher kommt das? Warum erkennt man durch die Tür, wer durch den Flur läuft, nur am Rhythmus der Schritte? *Muscle Memory,* aber für andere.

Durch Avas Flur läuft niemand, sie ist allein.

Emma schreibt in Großbuchstaben, AVA BELCKER, SCHILLERSTRASSE 17. So wie im Pass – Augenfarbe BRAUN, Geburtsort LÜBECK, in Maschinenblockbuchstaben statt den eleganten Kugelschreiberlinien ihrer besten Freundin. Das hat sie immer gewundert, dass die Augenfarbe im Perso vermerkt ist.

Der zweite Brief ist dünner, vermutlich eine einfache Karte, keine zum Aufklappen. Die Schrift ihres Vaters ist klein und ordentlich, leicht nach rechts geneigt, als müssten sich die Buchstaben aneinander festhalten. Die Briefmarke ziert ein Blumenfoto, eine Primel in Dunkelrosa.

Keiner der Briefe ist geöffnet, Ava weiß eh, was in ihnen steht.

Sie kann es förmlich vor sich sehen, kann mit dem Zeigefinger auf ihre Jeans die Worte zeichnen, die wahrscheinlich in vor Eile leicht verwischter Tinte in Emmas Karte blau ins Papier sickern – *Congrats, Maxie!* (Den Spitznamen wird sie nie los, aber wenigstens hat sie einen.) *Endlich raus aus der Uni, wir sind hier alle so stolz auf dich! Und nur weil du jetzt eine richtige Wissenschaftlerin bist, musst du uns trotzdem besuchen kommen. Komm mal wieder nach Hause, dann stoßen wir an und du kannst dich über alle Profs beschweren. Hab dich lieb, du Überflieger.* (Auch ein Spitzname.)

Selbst wenn es nicht im Brief steht, weil Ava inzwischen wissen sollte, dass sie eben doch nicht alles weiß – auch ohne wartende Freundin mit billigem Wein will sie nach Hause.

Wenn sie zwischen leichtem Schlummern und frühsommer-unruhigem Wachliegen doch tief schläft, dann träumt sie in letzter Zeit von Backstein und graugrünen Wellen, von Möwenschreien, deren Echos sich zwischen roten Ziegelmauern jagen, und davon, den Strand durch den Boden einer Limoflasche zu sehen.

Zuhause.

Sie denkt daran, wie sie und Hannes nebeneinander am Frühstückstisch saßen, und später dann auf dem Sofa, um langweilige Kochshows zu schauen. Ava schluckt, ihre Kehle ist auf einmal seltsam trocken. Der Satz liegt schwer wie heißes Eisen auf ihrer Zunge.

»Hannes?«

Und es dauert eine Sekunde zu lang, bis ihre Worte diesen seltsamen Zwischenraum eines Telefonats durchdringen, bis sie ihren noch halb zögernden

Mund verlassen und als knisternde Stimme aus Hannes' Handylautsprecher dringen, denn er hat schon selbst einen Satz angefangen – »Ich und Leo haben …« Und dann, als er sie hört: »Ja?«

»Alles gut, sag du ruhig.«

»Nee, war nicht so wichtig.«

Ava schaut immer noch die ungeöffneten Briefe an. Lob, in Papier erstarrt wie Mücken in Bernstein.

Sie zupft am Stoff ihres T-Shirts. »Sag schon.«

»Wir haben echt bei diesem Wettbewerb mitgemacht. Ich glaube, ich hab's dir erzählt« –Ihr Magen fühlt sich seltsam leicht an. »Der für Musik?«

»Ja.« Da ist es wieder, ein akustisches Lächeln. »Und wir haben gewonnen!«

»Wow!« Ava schluckt. Ihre Zunge brennt und schmeckt nach Eisen. »Herzlichen Glückwunsch, das – das ist ja super!«

Hannes' Stimme ist leiser, als er spricht, jünger. »Danke.«

Er ist zu ihr gerannt, als er sein Seepferdchen bekommen hat – barfuß über die Wiese, obwohl da doch Wespen drin sein konnten, und die Haare dunkel von Chlorwasser. Und dann hing er schwer und strahlend in ihren Armen, Avas grüner Badeanzug wurde ganz nass von der Umarmung, aber Hannes war so stolz, »Jetzt können wir zusammen schwimmen gehen!«, und Ava schaut die Briefe an und sitzt ganz still.

Sie hatten ein Spiel, als Hannes noch nicht schwimmen konnte – er warf Ringe ins flache Wasser, nach denen Ava tauchte wie ein Seehund. Sie war stolz, wenn sie es schaffte, die bunten Silikonringe hochzuholen, aber fast noch mehr, wenn sie sah, wie fasziniert Hannes zuschaute, wie beeindruckt er war, wenn Ava besonders schnell und tief schwamm.

»Wir dürfen in Hamburg spielen«, sagt er jetzt, »in der Elbphilharmonie. Also, nur nachmittags, es werden nicht so viele Leute da sein.«

»Quatsch«, sagt sie, und endlich hört sich Avas Stimme wieder an wie ihre, »das ist mega! Wie toll, Hannes, ehrlich.«

Sie kann praktisch vor sich sehen, wie er nach unten schaut und lächelt, sich verlegen im Nacken kratzt. »Danke. Wir freuen uns richtig.«

Vielleicht kann Ava doch nach Hause.

Zu Hannes' Konzert gehen, nach Hamburg, ihn in den Arm nehmen wie damals beim Seepferdchen. Selbst in den Arm genommen werden von Mama, die vielleicht nicht merkt, dass Ava sie zu lange festhält, weil sie eine hübsche neue Bluse trägt und die guten Schuhe, die sie extra für große Anlässe gekauft hat, jetzt, wo beide Kinder groß sind und sie wieder mehr Zeit hat, ins Theater zu gehen, und weil sie Hannes anstrahlt, der mit Leo sein Cello stimmt.

Weil Ava nicht die Hauptperson wäre, und sie nicht darüber reden müssten, ob sie den Brief mit der Primel-Briefmarke bekommen hat.

»Okay«, sagt Hannes, und er lächelt immer noch, »was wolltest du sagen?«, aber Ava denkt an Briefmarken.

Der Umschlag von der Uni (beige, wie Butterkekse), hatte keine Primel-Briefmarke, sondern einen Drachen (wie die, die an der Ostsee den Himmel mit Fäden zerschnitten), halb verdeckt vom Stempel. Der Hintergrund war blau und nur ein paar Quadratzentimeter groß, ein winziges Fenster im Karamellpapier.

Freiheit und Süße, ein gutes Zeichen, und Ava war so glücklich, so erleichtert, als sie ein Buttermesser als Brieföffner holte, das Zimmerfenster offen und Kaffee in der Luft, die Beatles in den Boxen – *one day you'll look to see I've gone …*

Und dann schaute sie auf den Brief, der keinen Sinn ergab, weil sie ein gutes Gefühl gehabt hatte, obwohl in letzter Zeit alles ein bisschen aus dem Ruder gelaufen war, aber diese letzte Prüfung war ihre Rettung, würde alles ausgleichen, und jetzt schickten sie Ava einen Kontakt, an den sie sich für die nächsten Schritte wenden sollte, aber was für nächste Schritte?

Sie kannte die nächsten Schritte, sie würde nach Hause gehen und mit Emma feiern und sich gutmütig Overachiever nennen lassen, weil Emma seit drei

Jahren nicht mehr ihre Noten kannte, und sie würde mit Papa Kuchen essen und sich von Mama die Nummern von Kollegen geben lassen, die vielleicht Praktikumsplätze hatten, bevor sie sich für den Master einschrieb.

Auf einem Flyer lächelte sie Lars Felling an und sagte, er könne jederzeit für eine Beratung angerufen werden.

»Ava?«

Der Satz liegt auf ihrer Zunge, schwer wie heißes Eisen.

»Was wolltest du sagen?«

Ich bin durchgefallen.

»Äh, ich hab's vergessen, du hast mich voll überrascht.«

Ich kann einen Beratungstermin ausmachen, aber ich mache es nicht, und je mehr die Zeit rennt, desto weniger kümmere ich mich.

»Ah, sorry. Was wegen der Uni, maybe?«

Ich dachte, ich habe es im Griff, oder ich dachte, ich würde nur denken, ich hätte es nicht im Griff, und dann war es zu spät.

»Ach Quatsch, ich freu' mich für dich … Äh – Ich komm nicht mehr drauf, egal.«

Ich muss etwas tun.

»Ja?«

Ich will nach Hause, schon lange. Ich kann das hier alles irgendwie nicht, obwohl ich es früher mal konnte.

»Ja, alles gut. Wann ist das Konzert?«

Der Parkettboden ist hart in ihrem Rücken, aber angenehm warm, die Sonne hat sich den ganzen Tag wie schmelzende Butter über ihn ergossen.

Der Tiger, vom Telefonat in eine Ecke getrieben, streckt sich jetzt wieder, und schwingt faul den Schwanz hin und her, während das satte Abendlicht seinen Pelz in leuchtend orangen Flammen aufgehen lässt.

Ava schaut geradeaus, an die Decke, und fragt sich, wie lange diese Lampe schon da hängt – sie war schon in der Wohnung, als sie eingezogen ist. Es ist ein weißer Lampenschirm aus Papier; von Ikea, der Gleiche, den sie seit ihrer Kindheit in Hunderten von Zimmern gesehen hat.

Auf dem Tisch (unsichtbar von der Stelle aus, an der sie liegt, aber nicht in ihrem Kopf) liegen noch immer die Briefe, und Ava muss sie endlich aufmachen oder wegschmeißen und ihre Eltern anrufen.

Sie wird es morgen machen, aber das sagt sie sich schon seit Tagen.

Die Wohnung ist ganz still, und auf der Tür des Küchenschranks zeichnet die eidottergelbe Abendsonne die Schattenrisse von Blättern, die flirren wie Pailletten.

Ava bräuchte eine Collage.

Sie bräuchte eine große Leinwand, so breit wie die Wand des Wohnzimmers, und dann Fotos von all den

Zimmern mit dieser Lampe, und dann würde es vielleicht Sinn ergeben.

Ihre Sitznachbarin in der Grundschule, der Junge, dem sie Nachhilfe gegeben hat; Freundinnen aus der Mittelstufe, Freundinnen aus der Uni, die nette Kollegin von ihrem ersten Nebenjob in der Schule, Franzi aus dem Kindergarten.

Und alle mit dieser Lampe.

Wenn Ava es aufkleben könnte und einrahmen, würde es vielleicht schöner werden, dieses Gefühl, dass alles irgendwie verbunden ist, dass alle Menschen, die sie je getroffen hat oder angelächelt in der Bahn, beim Bäcker mehr sind als nur flüchtige Bekannte oder es zumindest hätten sein können.

Ava starrt die bescheuerte null-acht-fünfzehn Papierlampe an und will keine Collage, sie will einfach nur mit jemandem zu Ikea.

Die Bar ist nur halb voll, und Ava dreht fast wieder um.

Sie kennt den Gastgeber zu wenig, um sich zu unterhalten, und ist nicht in der Stimmung für ein gemütliches Treffen unter Freunden, die meisten hier sind eh nur Insta-Bekanntschaften; aber sie kann nicht den ganzen Abend in der Wohnung bleiben, während sich die Wände gelb und puderrosa und schließlich gräulich lila färben und im leeren Kalender nur HANNES KONZERT steht.

»Ava! Crazy, dass ich dich mal wieder sehe, wo warst du?«

Ava ist froh, Linus zu sehen, obwohl sie ihn nicht wirklich mag und ihm sonst aus dem Weg geht – er lächelt sie an und nimmt sie mit nach drinnen, wo dieselben Lieder aus den Boxen sickern wie in allen Bars der Stadt. Linus legt seinen Arm kurz um ihre Schulter, dann winkt Ava den anderen bekannten Gesichtern zu und ist froh, Linus als Vorwand zu haben, nicht mit ihnen reden zu müssen.

»Willst du was trinken? Wir kriegen eins umsonst, dann müssen wir zahlen.«

»Ja, warte – ich sollte wahrscheinlich erstmal Mert gratulieren.«

»Der ist eh eine rauchen, glaub ich.«

»Ah.«

Sie gehen an die Bar und die Flasche ist angenehm kühl in Avas Händen.

Linus und sie hatten vergangenes Jahr mal was, und während Ava ihm beim Reden zusieht, erinnert sie sich daran, dass er einen Mückenstich am Knöchel hatte – er lag auf dem ungemachten Bett, das Shirt verrutscht, die Jeans rau gegen die weiche Haut seines Bauchs und zu warm für die stehende Hitze, und sagte, während er sich sein T-Shirt über den Kopf zog, »Boah, mein Knöchel juckt *so* höllisch, schon seit gestern«; und Ava wusste nicht, ob sie lachen sollte.

»Wie waren die Prüfungen?«

Linus beugt sich beim Sprechen leicht vor, weil sie direkt unter den Boxen sitzen, Ava schluckt und fängt fast an zu weinen und erzählt, dass sie durchgefallen ist und aus irgendeinem bescheuerten Grund ihre Eltern anlügt, obwohl sie weiß, dass keiner von beiden sauer wäre, also sind das wahrscheinlich nur Erwartungen an sich selbst, obwohl sie die ja anscheinend nicht zum Lernen gebracht haben, und dass ihr Bruder irgendwie zu ihr aufschaut oder es mal getan hat, also kann sie es ihm ja wohl auch nicht sagen, sonst ist sie nur noch die seltsame, anhängliche große Schwester, und dann fängt Ava richtig an zu heulen, und Linus starrt sie an, genauso wie das Mädchen mit den interessanten Ohrringen hinter dem Tresen; aber tatsächlich zuckt Ava nur mit den Schultern und sagt »Ganz gut, hab's gerade so geschafft.« Und Linus grinst und stößt sein Bier mit einem dumpfen Klirren gegen ihrs, als hätten sie etwas zu feiern.

»Ich hab doch gesagt, das wird schon.«

»Wie war's bei dir?«

Er zuckt mit den Schultern und grinst um die Öffnung der Flasche, während er einen Schluck nimmt. »Egal, bin durch.«

Und dann kommt Mert vom Rauchen und bringt einen Strom Menschen mit, und endlich ist die Bar voll und Ava gratuliert Mert und flüchtet vor Linus, und dann ist sie endlich zwischen ganz vielen anderen, und es ist laut und sie spürt den Bass in ihren Rippen, und jemand verschüttet ein Bier und schreit Ava ein Sorry ins Ohr, aber sie ist einfach nur froh, dass sie die Briefe nicht mehr sieht, und die Bar ist voller bunter Lichter, die Kometen auf der A7, und Ava atmet Schweiß und Rauch und einen kitschigen Song nach dem nächsten, bis ihre Kehle brennt.

Sie holt sich ihr zweites Getränk beim Mädchen mit den Ohrringen, und beim Öffnen rutscht sie ab und der Kronkorken fällt. Zwei Mädchen, die Ava grob von Gruppenfotos wiedererkennt, fragen, ob sie mitkommt, und Ava denkt an die Wäsche zuhause und sagt ja, ohne zu fragen wohin, und der Kronkorken hüpft und klimpert.

Clara Kemter

Vom chronisch am ~~Über~~Leben sein

Ich liege im Bett und zähle die Bewegungen, die ich heute durchgeführt habe. Ich verzähle mich bereits bei der ersten halben Stunde des Tages. Bin ich nach dem Aufstehen direkt ins Bad gegangen? Oder doch erst in die Küche? Warte, zuerst habe ich das Fenster geöffnet. Wie viele Bewegungen waren das?

Den rechten Arm anheben – eins. Mit der Hand den Fenstergriff anheben – zwei. Den rechten Fensterflügel aufziehen – drei. Mit der linken Hand den Riegel des linken Fensterflügels hochschieben – vier. Den linken Fensterflügel aufziehen – fünf. Das Thermostat der Heizung auf Null drehen – sechs. Moment. Ganz zu Anfang musste ich noch den

Vorhang öffnen. Das waren drei Bewegungen, weil die Ringe der Gardine sich an der Stange verhakt hatten. Macht neun, bevor ich überhaupt das Zimmer verlassen habe. Für heute waren meine neun Bewegungen nur der kurze Anfang eines Tages.

Am Anfang waren neun Bewegungen insgesamt das Zeichen für einen guten Tag! Mit neun Bewegungen konnte ich mir schon fast einen Tee selbstständig zubereiten. Bettdecke zurückschlagen – eins. Beine aus dem Bett heben – zwei. Die anderthalb Meter bis zur Zimmertür gehen – drei. Klinke runter drücken und Tür öffnen – vier. Die anderthalb Meter bis zur Küche gehen – fünf. Wieder die Klinke runter drücken und die Tür öffnen – sechs. Wasserkocher anmachen, in den Mama vorbereitend Wasser für genau eine Tasse, sonst wäre er zu schwer, eingefüllt hatte – sieben. Kochendes Wasser in die bereitgestellte Tasse über den Teebeutel gießen – acht. Wasserkocher abstellen – neun. Jetzt nur noch zurück ins Bett. Drei Meter, zwei Mal die Tür hinter mir schließen. Zur Not auch nur die Tür des Wohnzimmers, welches gezwungenermaßen in mein Schlafzimmer umfunktioniert wurde. Dann noch die Tasse mehrmals anheben, um aus ihr trinken zu können. Dann den Rest des Tages ausruhen. Warten, bis jemand reinkommt, um mir sanft über den Kopf zu streichen. Etwas zu essen ans Bett stellt. Leise fragt, ob ich noch etwas brauche. Das Fenster aufmacht. Das

Fenster wieder schließt. Das war mal der Parameter für einen guten Tag. Neun Bewegungen plus der Weg zurück ins Bett.

Die schlechten sahen anders aus. Die schlechten sind die, die mir immer noch im Nacken sitzen. Und im Kopf oder im Magen. Besonders unangenehm auch manchmal in den Zehenspitzen, wenn ich morgens aufwache und bemerke, dass die bleierne Schwäche über Nacht zurück in meinen Körper gezogen ist. Es sind die Erinnerungen an die schlechten Tage, Wochen, Monate. Keine Ahnung, auf wie viel Zeit es sich zusammenzählen lässt in den letzten drei Jahren. Diese Erinnerungen, wegen denen ich leicht panisch werde, als mir auffällt, dass ich die Bewegungen, die ich heute getätigt habe, nicht mehr zählen kann. Nicht mal ansatzweise. Habe ich zu viel gemacht? Habe ich genug aufgepasst? In welcher Verfassung wird mein Körper morgen sein?

Dass ich heute nicht mehr mitzählen konnte, dass ich nicht mitzählen musste, ist ein riesiger Erfolg. Um nicht zu sagen, eine Art der Wiedergeburt. Eine, die nach wie vor stattfindet. Mal schleppend, dann wieder in großen Schritten, mich plötzlich zurückreißt und danach wieder ein Stück mehr in die Außenwelt presst. Es ist ein schmerzhafter Prozess, und ich habe nach wie vor keine Ahnung, in welche Welt ich wirklich hineingeboren werde. Ist es realistisch, von irgendwas zu träumen, was wieder »wie vorher«

aussieht? Gibt es eine Welt, in der ich meinen Frieden mit dem Begriff »chronisch krank« finde? Gibt es die Möglichkeit, ein Außen so zu gestalten, dass ich mich in erster Linie wieder »chronisch am Leben« fühlen kann? Und wo in all diesen Welten ist Platz für die Panik, die langsam in mir hochkriecht bei der Vorstellung, dass die vielen Bewegungen heute der Auslöser für die nächste Phase der Bewegungsunfähigkeit sein könnten?

Ich versuche, neben der Panik Platz zu machen für den Gedanken, dass es ein Prozess bleibt. Und ich habe mir geschworen, dass bei allem Schmerz mir jede Art von Prozess lieber ist als der Stillstand, das Gefangensein zwischen nicht wirklich tot, aber so weit entfernt von lebendig, welches meine Welt zwischendrin auf die eins sechzig mal zwei Meter meines Bettes beschränkt hat.

Ich versuche, meine Gedanken auf die Erinnerung an die Rückfahrt heute zu konzentrieren. Der Blick aus dem Zugfenster, die vorbeiziehende Landschaft, die mir kurz das Gefühl vermittelt hat, frei zu sein. Zu bemerken, wie der Stress der letzten Wochen abfällt. Die Anspannung, die aus einer Kombination aus Angst vor dem Jahrestag und den Auswirkungen der langen Reise auf meinen Körper bestanden hatte. Der kleine Triumph, dass ich es hin und jetzt auch zurück schaffen würde. Es war zum Teil eine Trotzreaktion gewesen, genau zu diesem Zeitpunkt wegzufahren. So, als könnte ich es einfach hinter mir lassen. Als würde ein Ortswechsel den Prozess der Wiedergeburt, den Aufbau einer Welt, in der mein Körper gesund sein kann, beschleunigen. Das mit dem Hinter-mir-lassen war natürlich kompletter Quatsch. Das wurde bereits direkt auf der Hinfahrt deutlich. Nach meiner Ankunft strandete ich sofort auf dem Badezimmerboden. Mir war kotzübel, schwindelig und mein Nervensystem im ultimativen Alarmzustand, und gleichzeitig war ich überwältigt vor Glück, es tatsächlich raus und hierher geschafft zu haben. Die nächsten Tage tauschte ich den Badezimmerboden gegen die Schlafcouch ein, die neben mir noch Platz für das wachsende Unbehagen vor dem Jahrestag bot. Es fühlte sich an wie aus der Entfernung einem Autounfall zuzuschauen. Ich würde mich gerne warnen, mir zurufen: »Pass auf dich auf, Clara. Steig nicht ein.« Doch das bringt nichts. Ich weiß das. Was ich von der Schlafcouch aus betrachte, ist schließlich die Vergangenheit und damit eine Welt, die sich nicht mehr umkehren lässt. Ich werde einsteigen und losfahren. Und kurz darauf wird es krachen und zu einem absoluten gesundheitlichen Kollateralschaden kommen. Unsichtbar und allumfassend. Wenn alles Gute drei ist, wie viel wird dann das Allerschlimmste sein?

Es hatte kein tatsächliches Auto gegeben. Der Unfall kam in Form eines positiven Corona-Schnelltests und dem Gefühl, dass mein Körper implodieren würde. So als hätte jemand oder etwas den Stecker gezogen, und zwar komplett und auf unbestimmte Zeit. Manchmal wünsche ich mir, es hätte stattdessen ein Auto gegeben, etwas Sichtbares. Kaputtes Blech und offene Wunden stoßen auf Verständnis. Dafür gibt es Diagnosen, Behandlungen und vor allem eine Erklärung, wieso deine Welt von einem auf den anderen Moment eingestürzt ist. Stattdessen gab es ein Virus, das blieb, auch nachdem der Test wieder negativ war und damit eine neue Welt, in der atmen bereits anstrengend und Zähneputzen an einigen Tagen zu einem unmöglichen Kraftakt wurde.

Die Welt, die meine Erkrankung plötzlich geschaffen hatte, ist genau genommen eine Art Niemandsland. Es gibt keine Wegbeschreibungen, die erklären würden, wie wir überhaupt in das Niemandsland gelangt sind. Für eine Erklärung, wie es dort genau aussieht, fehlt uns die Sprache. Und wenn wir es doch probieren, ist die Konsequenz zu oft, dass wir entweder mit dem Vorwurf, uns das auszudenken, oder Verhaltensvorschlägen, die uns dort nur noch mehr gefährden würden, konfrontiert sind. Das Niemandsland ist ein verdammt einsamer Ort. Einsam zwischen weltweit so vielen Millionen anderen Betroffenen von ME/CFS, schweren Post COVID- und Post Vac-Verläufen, die wir gemeinsam und gleichzeitig isoliert in einer Welt verbringen, die sich nicht sichtbar und nicht greifbar machen lässt und allem voran ohne Anleitung, wie wir sie je wieder verlassen können.

Wer auch immer denkt, dass der Spruch »wenn sich eine Tür schließt, öffnet sich eine andere« universell Hoffnung und Mut versprechen würde, hat noch nie die Tür zur eigenen Gesundheit geschlossen und die zum Niemandsland geöffnet. Scheiß auf die Ratgeber zum Umgang mit Schicksalsschlägen und ihren glattgebügelten Zitaten, in denen immer der Anspruch nach Sinnstiftung und Optimierung steckt. Im Niemandsland ist kein Platz zu optimieren. Hier geht es darum, zu überleben. Und für diejenigen von uns, die am allerschwersten betroffen sind, darum, den Sinn in jedem weiteren Atemzug zu finden, den sie in abgedunkelten und akustisch abgeschirmten Räumen tätigen können. Falls es an dieser Stelle noch jemand für nötig hält, »Krankheit als Geschenk« zu bezeichnen, hat der meiner Meinung nach das Konzept von Geschenken oder von Erkrankung oder von beidem grundlegend falsch verstanden. Ich kann schließlich auch eine Packung Mon Chéri geschenkt bekommen. Nur weil eine Schleife drumgebunden ist, schmeckt der Inhalt nicht weniger ekelhaft oder verursacht plötzlich keine Bauchschmerzen mehr. Aber mit Mon Chéri habe ich eine Wahl. Mon Chéri kannst du entsorgen oder damit ein Kunstwerk basteln oder sie in eine

Zu-verschenken-Kiste legen, nicht dass ich irgendwem meine Post COVID-Erkrankung schenken möchte. Schwere Erkrankungen kommen nicht nur ohne Schleife, sie lassen sich nicht in den Mülleimer werfen und erst recht nicht in einer Kiste an der Straße aussetzen. Sie bringen auch keinen Ausgleichsgewinn in Form von neuen Fähigkeiten oder plötzlich freigelegten Nischen der Selbstoptimierung mit. Sie bedeuten vor allem erstmal einen Verlust. Manchmal von etwas, manchmal auch von jemandem, manchmal von fast allem.

Das Geschenk ist also nicht die scheiß Krankheit, der gezwungene Aufenthalt im Niemandsland. Das Geschenk sind die anderen, das sind Verbindungen, Erfahrungen und Dinge, die es schaffen, Brücken zu bauen. Rein in das Nichts, von der Welt, die vorher da war, ein kleines bisschen rüber tragen. Die etwas halten, ertragbarer machen, auch wenn der Boden im Niemandsland jeden Moment wieder zu beben beginnen und alles einreißen kann. Jedes Detail, dass es trotz allen Unsicherheiten ein bisschen Vertrautheit, ein bisschen Hoffnung mit rüber schafft in die unbekannte Welt. Das Geschenk war nicht meine Erkrankung. Das Geschenk ist das Haarewaschen, etwas gekocht zu bekommen, die bunten Postkartenmotive aus Urlauben, bei denen ich nicht dabei war, die meine Zimmerwand mit Mut bekleiden, das ist die Liebe, jede Bemühung, mir meine Lebensrealität zu glauben, jeder Versuch, mich dabei zu begleiten, so etwas wie einen Umgang zu finden, das Einhalten von Telefonverabredungen und das Aushalten von Stille und Schluchzen am Hörer, der neue Termin, der etwas Erleichterung schafft und das unfassbare Glück, Verbesserungen zu erleben. Das Geschenk ist jede Form von Lebendigkeit, die es durch den dicken Nebel des Niemandslandes schafft, ohne dich in Gefahr, sondern ein kleines bisschen mehr zurück ins Leben zu bringen oder einfach dort zu halten, wo du bist.

Die zwei größten Geschenke, die ich mir in meinem Niemandsland selbst machen konnte, waren meine Wut und mein Humor. Die Wut war wichtig, um nicht zu sterben, der Humor, um am Leben bleiben zu wollen.

Die Wut kam unerwartet inmitten der größten Einöde, die sich im Niemandsland finden lässt. Von allen Bereichen ist dies definitiv der gefürchtetste Ort, der CRASH. Wenn du dort ankommst, verschwindet die Sprache komplett. Zum einen, weil reden nun vollständig zu anstrengend wird und zum anderen, weil hier der medizinische Fachjargon mal wieder versagt, eine adäquatere Beschreibung zu finden. Anstatt eines fancy klingenden lateinischen Begriffes also ein simpler Crash.

Für alle, denen das zu schwammig ist, um sich davon eine genaue Vorstellung machen zu können, hier der Versuch einer Beschreibung. Stell dir vor, du wirst sturzbetrunken an ein Floß festgebunden, das bei eisigem Wetter und verdammt hohem Wellengang auf dem Meer treibt. Dir ist schlecht, dir ist schwindelig, du hast keine Orientierung, du kannst dich nicht bewegen, du weißt nicht, ob die nächste Welle dich komplett unter Wasser reißen wird, und zu allem Überfluss schrillt die ganze Zeit ein unangenehm hoher Ton in deinen Ohren, der sich nicht abschalten lässt. Ungefähr so. Das Floß ist die Matratze, alles andere dein Körper und jede Art von Sinneseindruck, die deine Umwelt auf dich einprasseln lässt.

In diesen Phasen wird der Atem zur einzigen Bewegung, die sich noch zählen lässt. Einatmen – eins. Ausatmen – zwei. Einatmen – drei. Ausatmen – vier. Einatmen – fünf. Ausatmen – sechs. Weiter als sechs zähle ich meistens nicht, weil mir das zu anstrengend ist. Anfangs habe ich versucht, die Anstrengung mit Liebe zu bewältigen. Wie ein kleines Kind, dem man Essen in den Mund schiebt, jeden Atemzug einer anderen Person gewidmet, um es erträglicher zu machen. Einatmen – für meine Schwester. Ausatmen – für meine Mama. Einatmen – für meinen Papa. Ausatmen für – es funktionierte nicht. Es ist egal, wen ich versucht habe mir vorzustellen, das Gefühl der Kraft, von dem andere berichten, von der Liebe zu ihren nächsten Menschen, die sie in den schwersten Momenten retten würde, es blieb komplett aus. Dafür war es einfach zu anstrengend, dafür ist kein Platz. Außer für einatmen – eins und ausatmen – zwei und für die Wut.

Wut ist nicht besonders sexy im Vergleich zur Liebe, aber unfassbar effektiv. Wut ist die einzige Emotion, die es neben dem Gefühl der Verzweiflung ohne weiteren Kraftakt auf das Floß schafft, die sich uneingeladen in meiner eins sechzig mal zwei Meter-Welt breitmacht und mich anfeuert. ALS OB – einatmen, ICH JETZT – ausatmen, AUFGEBEN UND – einatmen, DIESER SCHEIß KRANKHEIT – ausatmen, MEINEN KÖRPER – einatmen, ÜBERLASSE – ausatmen. Genauer betrachtet, liegt die Wut vielleicht auch näher dran an der Liebe, als ich zunächst angenommen habe. Zumindest, wenn ich mir erlaube, das Konzept mit der Selbstliebe endgültig als etwas anderes als Schlammmaske und aggressiv positive Dankbarkeitstagebücher zu verstehen. Wenn ich wieder fit genug bin, beschließe ich, dann mache ich mir so einen lächerlichen gesunden Smoothie in der Geschmacksrichtung *Genugtuung,* die ich empfinden werde, während ich mich beim Trinken daran erinnere, dass der größte Akt der Selbstliebe, den ich bisher getätigt habe, das wütende Ein- und Ausatmen auf meinem Floß gewesen ist. Für absolut niemand anderen als mich selbst. Wer auch immer mir noch verkaufen möchte, es würde bei Selbstliebe um Wellness gehen, please go and get yourself a real problem!

Der Gedanke an einen Smoothie der Geschmacksrichtung *Genugtuung* bringt mich innerlich ein wenig zum Grinsen. Das ist gut, sehr gut. Jedes Anzeichen von Humor bedeutet, dass das Schlimmste vorbei ist. Dass neben dem Ein- und Ausatmen wieder Platz für etwas anderes kommt. Wut ist Teil meines Überlebensinstinktes. Humor das erste Anzeichen meines am-Leben-sein-wollen-Instinktes. Nicht, dass ich da grundsätzlich Entscheidungsschwierigkeiten hätte, wenn es um das am Leben sein Wollen geht. Aber im Niemandsland gibt es Unterschiede zwischen dem Überleben und dem Gefühl, tatsächlich lebendig zu sein. Inmitten eines Crashs zum Beispiel bist du am Überleben. Du atmest weiter, in der Hoffnung, dass es einfach irgendwann aufhört, dass dein Körper erlöst wird, im besten Fall, ohne selbst aufzuhören.

In Gedanken ein Cocktailglas – okay, sind wir annähernd realistisch, ein Mocktailglas in der Hand zu haben, Geschmacksrichtung *Genugtuung,* gelehnt an einen Bartresen auf dem ein Schild »reserviert ausschließlich für Mitglieder des Clubs der goldenen Arschkarte« steht, das wiederum ist bereits Lebendigkeit. Scheiß auf Wildwasserrafting, Backpacken durch Südamerika, Blinddates oder Microdosing von Zauberpilzen, um sich mal wieder richtig spüren zu können. Hier im Niemandsland gibt es das Gefühl von purer Lebensfreude bereits in Form leicht verträglicher Gedanken, gratis und nicht umsonst, versteht sich. Je nachdem, wie komplex diese Gedanken ausgebaut werden können, bringen sie etwas Ruhe oder sogar eine kurze Verschnaufpause mit sich, oder ist es umgekehrt?

Gedanken zur Beruhigung des Wellengangs: Die Vorstellung davon, wie der Mitgliedsvertrag im Club der goldenen Arschkarte ausformuliert ist. Eintrittsdatum: variabel. Austrittsdatum: Diese Information steht leider nicht zur Verfügung. Premiumstatus beinhaltet: 1. Seinen Freund*innen ehrlich sagen zu können, dass man bei allem Verständnis jetzt wirklich bestätigen kann, dass Liebeskummer nicht das Schlimmste der Dinge ist, die einem passieren können. 2. Ihnen genauso ehrlich sagen, dass man das selbst nur besonders ungerne für sie getestet hat. 3. Sich nicht mehr für den eigenen Körpergeruch schämen müssen, weil das bereits fast so anstrengend ist, wie zu duschen. 4. Alten Menschen, die einem ungebeten im Bus erzählen, wie leicht man es ja in diesem jungen Alter noch hat, mit einem schlichten »Sie haben keinen blassen Schimmer« zu antworten.

Gedanken für eine kurze Pause auf einer Sandbank: Die Entwicklung eines Plans zur Kommerzialisierung meines prekären Gesundheitszustandes. Meine Idee besteht darin, mich beziehungsweise meinen kranken Körper in einem Museum ausstellen zu lassen. Meine Präsenz dort ist als Mahnmal für die Lücken des Gesundheitssystems im Allgemeinen und in der Frauen*gesundheitsforschung im Spezifischen zu verstehen. Ergänzend könnte mein Herumliegen auf einem bequemen Bett außerdem als Kritik an unserer leistungsorientierten Gesellschaft gelten und dazu anregen, sich damit auseinanderzusetzen, welchen Wert wir Menschen noch zusprechen, wenn sie aufgrund von gesundheitlich oder anders bedingten Umständen nicht (mehr) der Norm von arbeitsfähig entsprechen. Ich überlege, wie ich ein Museum davon überzeugen könnte, dass ihr sowieso schon zu knappes Budget super darin angelegt wäre, ebendiese kapitalistische Logik von Leistung und Arbeit zu durchbrechen, wenn sie mich dafür bezahlen, meine Leistungsunfähigkeit zur Schau zu stellen. An besonders guten Tagen könnte ich auch anbieten, dass die Besucher*innen mit mir interagieren dürfen. Für drei Euro dürfen sie mir einen Tee kochen, für sieben Euro meine Haare waschen und für zwölf Euro mit mir eine Suppe essen. Die symbolische Umkehr von Dienstleistung und Carearbeit. Ich leiste einen Dienst, indem andere für mich Carearbeit leisten dürfen, und mein kranker Körper bekommt dadurch einen gesellschaftlichen Mehrwert, der ihm sonst abgesprochen wird. Gegen Geld dürfen sie durch mich das Niemandsland von außen betrachten, sich ihm annähern, sich kurz besonders fühlen und vor allem mit dem Gefühl von Dankbarkeit entlohnt werden dafür, dass nicht sie, sondern ich dort gefangen bin. In meiner Vorstellung ist das auf eine bizarre Weise superwitzig.

Handlung zur Kontaktaufnahme mit dem Festland: Ein Türschild mit der Aufschrift »Her highness, the Queen of long-COVID-island, is currently taking a break. Please only interrupt in case of emergency. She will be back to business soon« basteln und von außen an die Zimmertür kleben.

Flaschenpost als Lebenszeichen ans Festland schicken: *»Habe es geschafft, mit zwei Stunden Pause zwischendrin, das Bad zu putzen. Juhuuu!! Frage mich, ob es klappen würde, eine Verschwörungstheorie zu verbreiten, dass Long COVID von einer misogynen Untergrundorganisation entwickelt wurde, mit dem Ziel, Frauen nicht nur wieder an die Hausarbeit zu binden, sondern zu bewirken, dass sie auch noch fucking dankbar dafür sind, dass sie sie verrichten können. Meine Beweislage: 1. Schätzungsweise sind 65–72 Prozent der Betroffenen Frauen, 2. Ich bin das lebende Beispiel dafür, dass es funktioniert, 3. Diese ganzen verharmlosenden bis offen frauenfeindlichen Kommentare von irgendwelchen Manfreds und Rolands im Internet á la »Die haben doch nur keine Lust zu arbeiten« bis hin zu »Diese [...] ist nicht krank, sondern muss doch nur ordentlich* *gebumst werden« ist ein klarer Vertuschungsversuch der Verursacher selbst! Fast schon schade, dass ich das mit dem Verschwörungstheorienverbreiten für moralisch bedenklich halte. Aber wäre mir auch zu anstrengend, da falte ich doch morgen lieber über den Tag verteilt einen Korb Wäsche – lol.«*

Humor ist mein ruhigerer Wellengang, meine Sandbank, meine Brücke für Kontakt mit der Außenwelt. Manchmal, wenn ich es schaffe, ihn raus aus meinem Kopf und hin zu jemand anderem zu tragen, entsteht für einen Moment eine Zwischenwelt. Ein Ort, wo ich mir selbst und anderen begegnen kann. Irgendwo zwischen dem Niemandsland und ihrer Welt, in die ich nicht mehr gehöre, sitzen oder liegen wir dann für einen Moment und lachen gemeinsam, das ist ein Geschenk. Auch wenn es nach wie vor eines bleibt, von dem ich gehofft habe, dass ich es niemals brauchen werde.

Ich sehne mich nach etwas Greifbarerem als einer Zwischenwelt, einer Brücke, einem ruhigeren Wellengang. Wir alle tun das. Ich versuche in Ermangelung einer richtigen Ortsbeschreibung, eines Reiseführers, der vielfältigere Hinweise als »pacing, pacing, pacing und ansonsten nicht zu viel tun« bereithält, oder eines Notausgangs mir eine eigene Welt ins Niemandsland zu bauen. Eigentlich hinaus, aber wenn ich ehrlich bin, funktioniert das Gefühl, sich wieder dem Festland anzunähern, nur bis zum nächsten Crash. Es ist ein verdammt mühsames Bauen. Es erinnert mich an manchen Tagen an das Jenga-Spielen als Kind. Nur ohne Spaß, ohne Pause oder Ende und ohne die logischen Gesetze der Schwerkraft.

Sobald der Seegang ruhiger wird, sobald ich in der Lage bin, mich auf dem Floß aufzurichten oder kurz ein paar zusammenhängende Gedanken zu haben, beginnt das Bauen. Jeder Holzklotz steht für die kleinsten oder größtmöglichen Aktivitäten, die mir irgendwie das Gefühl geben, voranzukommen, auch wenn ich ehrlicherweise nicht voran-, sondern einfach hier rauskommen möchte. Die Bausteine bestehen mal aus ein bisschen Mut, dass es besser wird. Aus etwas Zuversicht, dass es sich lohnt, einen Plan zu machen, eine Idee zu verfolgen, etwas auszuprobieren, egal was, Hauptsache, es könnte helfen. Sie bestehen aus Versuchen, so unendlich vielen Versuchen. Und die Bausteine tragen, bis sie plötzlich aus dem Nichts und ohne Ankündigung wieder zusammenbrechen und ich nicht mal mehr weiß, ob ich falle oder schon wieder direkt auf meinem Floß gelandet bin. Wie so ein Bauprozess aussehen kann, variiert, aber das Gefühl der Verzweiflung, der Frustration, der Hilflosigkeit, der Schuldgefühle, der Trauer und der Wut, sobald er abrupt beendet wird, bleibt gleich.

Bauen, basierend auf der Hoffnung auf Hilfe im medizinischen System: Ich habe alle möglichen

Nummern durchtelefoniert. Das war meine Aktivität für die ganze letzte Woche. Erst zu recherchieren, dann anzurufen. Die erste Nummer sagt, dass die Long COVID-Sprechstunde leider nicht mehr existiert. Die zweite Nummer, dass sie die Aufnahme auf Menschen, die im Einzugsgebiet der Ambulanz wohnen, begrenzt haben. Die dritte Nummer, dass ich hier sowieso an der falschen Stelle bin und beim nächsten Mal gründlicher recherchieren sollte. Ich habe aufgegeben und meine Mama hat mir einen Termin vereinbart, und das ist mir nicht einmal peinlich, weil ich zwar fünfundzwanzig, aber dafür zu erschöpft bin. Ich habe zwei Monate gewartet und jetzt also meinen Termin und damit einen kleinen Turm gebaut. Klein, aber hoch genug, dass ich von hier aus das Gefühl habe, die Luft würde schon ein bisschen besser, ein bisschen gesünder riechen. Ich gehe also zu meinem Termin. Der Neurologe fragt argwöhnisch, wie ich auf die Idee komme, Post COVID zu haben. Ich versuche, kurz und zusammenhängend zu erklären, dass ich seit meiner Coronainfektion vor sechs Monaten krank bin, und zwar so doll, dass im Stehen warm zu duschen an den meisten Tagen bereits zu anstrengend ist. Nach zehn Minuten beendet er den Termin mit dem Hinweis, dass es am besten wäre, wenn ich weiter meine Alltagsroutine einhalten und zur Arbeit gehen würde. Das tue den meisten Betroffenen gut. Ich frage mich, von welchen Betroffenen er spricht und welche Arbeit er meint, die ich weder habe, geschweige denn ausführen könnte und in keiner Weise erwähnt habe im Gespräch. Ich frage mich, welche Alltagsroutine er sich zwischen meiner Beschreibung von Bettlägerigkeit und Schwäche ausgemalt hat, die es aufrecht zu erhalten gäbe. Ich verlasse das Behandlungszimmer mit einer Mischung aus Wut, Ungläubigkeit und Scham. Mein Turm bricht zusammen.

Bauen, basierend auf sozialen Kontakten: Ich bin auf einer Geburtstagsparty. Es ist das erste Mal nach zwei Jahren, dass ich auf einer Party bin. Ich habe mich die letzten zwei Tage extra ausgeruht und für die nächsten Tage nichts anderes geplant. Ich kenne außer dem Geburtstagskind eigentlich niemanden, aber er gehört zu den Menschen, die mich ernst nehmen und sich nach mir erkundigen. Außerdem ist das Motto Pyjamaparty, das heißt, ich bin ausnahmsweise mit meinen Alltagsklamotten bereits passend angezogen. Die Menschen sind nett. Nur einer fragt mich nach meiner Maske und reagiert angenehm auf meine Erklärung. Er stellt keine Fragen, auf die ich nicht antworten will, und sagt schlicht: »Wie schön, dass du inzwischen fit genug bist, um heute hier sein zu können.« Ich fühle mich fast wohl. Ich habe einen Platz auf dem Sofa und kann für einen kurzen Moment so tun, als würde ich dazugehören. Als wäre ich Teil dieser Welt und Teil dieser Gespräche, deren

Inhalt insgeheim so weit weg liegt von dem, was bei mir gerade Alltag ist. Jemand lallt mir plötzlich von hinten ins Ohr »Hasuu Corona oder warum trägstuu eine Maske?« Ich überlege zu sagen, ja habe ich, und zwar seit fucking zwanzig Monaten. Ich entscheide mich dagegen und versuche stattdessen, mit den Augen zu lächeln und sage: »Nö, hab ich nicht. Aber auch keinen Bock, es gerade zu bekommen.« Seine Reaktion ist ein ironisches Lachen. Er deutet in den Raum und sagt: »Wenn du hier bist, hast du es jetzt safe eh« und stolpert an mir vorbei. Ich versuche das zu ignorieren. Es klappt ungefähr fünf Sekunden, und dann fange ich an, mich panisch umzuschauen, ob irgendwer doch heimlich am Husten ist. Ich überlege fieberhaft, wann das Zimmer zuletzt gelüftet wurde. Ich versuche krampfhaft, nicht zu weinen. Ich wollte heute Abend doch einfach mal Spaß haben. Ich wollte es doch genießen. Die anderen fangen an zu tanzen und ich gebe es auf. Mein Bus kommt erst in einer halben Stunde, aber ich verlasse sofort die Wohnung, scheiß auf die Kälte draußen. Mein Turm bricht zusammen.

Ich liege im Bett und denke an all die Bewegungen, die ich heute gemacht habe. Ich denke an all die Bausteine, die ich sorgfältig aufeinandergestapelt habe, um es bis hierher zu schaffen. Die Panik sitzt neben mir im Bett und die Erinnerung an den Blick heute aus dem Fenster im Zug klebt in meinem

Kopf. Wenn ich hiervon nicht crashe, denke ich, dann baue ich morgen weiter. Und wenn doch, dann werde ich wütend, bis ich wieder stark genug bin, um lustig zu sein. Und irgendwann ist dieses Fundament stark genug, einen Turm zu bauen, der mich aus diesem verdammten Niemandsland herausführt. Irgendwann komme ich mit meinem Floß an. »Hoffentlich«, murmelt die Panik neben mir. »Gute Nacht und halt den Mund«, murmle ich zurück.

Jennifer Ofori

Nante yie Nana (Geh gut Nana)

Mein Inneres ist zugeschnürt, die Luft ganz knapp, fühlt sich wie kaum vorhanden an.

Trauervoller Druck schleicht in meine Brust, aus meiner Körpermitte wallt etwas hoch.

Tränen quellen aus meinen Augen, machen halt vor meinen Augenlidern. Der Tränensee mischt sich mit meiner Sonnencreme – brennt in den Augen, wie die Sonne auf meiner schwarzen Haut – und weiß nicht recht wohin.

Dröhnender Kopf, voller lieblicher Erinnerungen, Gelächter, herzliche, warme, schwitzige Umarmungen.

Umhüllt von den nostalgischen Willkommensklängen *Akwaaba, Akwaaba, Akwaaba.*

Eingeschlossen in dem Duft meines Mutterlandes. Ein feuchter, roter, erdiger Boden, gemischt mit frittierter Kochbanane und *cocoabutter*. Zuhause?

Das Gehirn, das diesen einzigartigen Schmerz versucht nachzuvollziehen, einzuordnen, in etwas Sinnvolles zu stopfen

– der Moment, in dem deine ferne Familie, deine *far family*, deine *farmily* für einen Aufenthalt von Sekunden, Minuten, Stunden, Tagen, Wochen selten auch Monaten zu deiner *family*, deiner jetzt, hier, sofort Familie wird.

Zu deiner berührbaren, erspürbaren Familie wird –

und dann die Zeit ihre Wege geht, Erlebnisse geschaffen wurden und es heißt bis bald *family*,

Abschied nehmen, auf Wiedersehen und bis bald meint, bis die örtlichen Distanzen wieder überwunden werden können, es meint, bis die monetären Hürden bewältigt sowie zeitliche Kapazitäten geschaffen sein würden und zuallerletzt und das Wichtigste, sofern die göttliche Güte mit mir ist, mit uns ist und es ein erdliches Wiedersehen mit deiner *farmily* zulässt

und bis dahin heißt es durchhalten,

aufatmen,

hoffen auf ein baldiges Wiedersehen mit deiner *farmily*.

Auf ein schnelleres *Akwaaba* von deiner *farmily*.

Die Rückkehr ist immer schwer, immer eine Herausforderung, im Flugzeug manipuliere ich mich mit den Gelüsten und Dingen, die ich angeblich vermisse, um mir die Ankunft ein wenig schöner zu reden. Kämpfe gegen die Tränen an, dabei weiß ich bereits: Ich habe den Kampf verloren, kann ihn nicht gewinnen, werde ihn nicht gewinnen. Ich bin entzwei, ich war immer drei. Die in Ghana, die in Deutschland und die Vorstellung von denen in Ghana über mich in Deutschland und die Vorstellung von denen in Deutschland über mich.

Also bin ich vier, vier Variationen von …

Als Willkommensduft ein Hauch von Zigarettenqualm beißend in der Nase.

Die ersten Tage daheim, was ist eigentlich daheim?

Sie sind weiß, überall weiß, manchmal ist das Wetter schwarz, lässt den Tod auf die Erde rieseln.

Dunkle schwarze Wolken, volle schwere traubenförmige Tropfen verbannen Licht und lassen nur Finsternis erscheinen – Sommergewitter –, manchmal ist es das, was man hier Sonnenschein und Sommer nennt.

Kein Vergleich zu dem, was Sonne am Äquator bedeutet.

Alles ist schwarz und weiß, alles ist weiß und schwarz. Doch verschwimmen Weiß und Schwarz vor meinem Gesicht, so sehe ich nur Grau, etliche Graustufen. Grau sind die Menschen, hellgrau ist die Arbeit, dunkelgrau ist das langersehnte Essen, weißgrau ist mein Kopf, schwarzgrau sind meine Gedanken.

Rückkehrschock, Rückkehrdepression oder einfach nur Depression?

Geregelter Alltag. Tut gut – Routinen.

Liebende Menschen wiedersehen, die ich vermisst habe, die mir das Graue durchbrechen.

Die Zeit zieht weiter, macht keinen Halt vor mir, ich gewöhne mich an die Graunuancen,

bis sie nicht mehr allzu grau wirken, irgendwann vielleicht sogar bunt.

Jetzt bin ich wieder zu Hause, genieße die Vorzüge,

den Wohlstand,

jeden Tag entferne ich mich weiter von dem Schmerz, den meine Rückkehr verursacht hat.

Jeden Tag wächst die Schutzmauer mehr,

jeden Tag entferne ich mich weiter von dem »Wir Gefühl«, muss mir das »Wir Gefühl« in dem Land, in dem ich geboren bin, hart erkämpfen.

Und wäre dies nicht schon genug, muss ich fürchten, mich sorgen, dass es vorbeigehen könnte. Aber nicht vorbei in den Gedanken von was wäre, wenn ich dort drüben für immer bliebe, sondern so vorbei, dass jemand mein Licht ausschaltet und es nie zurückkehrt.

Und läge darin nicht die Anstrengung an diesen Gedanken, so ist es die Norm, ein bekanntes Gefühl, welches sich wieder einschleicht. Die Angst und die

Sorge sind Vertrautheit. Die Traurigkeit darüber stets mein Begleiter,

jetzt bin ich daheim,

jetzt bin ich zu Hause.

Erinnerungen an einen Kindergeburtstag,

meinen Kindergeburtstag, fünf, sechs oder sieben Jahre alt.

Ein puffiger Dutt auf meinem Kopf. Sonnenbrille wie John Lennon auf meinem Haaransatz. Breites, lückenhaftes Lächeln in die Kamera.

Keine Freunde anwesend, nur die Familie.

»Wenn du eine Familie hast, dann brauchst du keine Freunde, deine Familie sind deine Freunde.«

Das Gefühl von Gesamtheit, doch sind wir nicht komplett, wenn über die Hälfte der »*Freunde*« fehlt.

Keine Oma um die Ecke, nur Hunderte Kilometer weit entfernt, keinen Opa lebend.

Der ganze Rest des Puzzles fehlt, es kann nie fertiggestellt werden.

Wann ist meine Familie komplett, wann sind alle da, kann Familie je vollständig sein, wenn neues Leben geschaffen wird und wenn altes Leben geht, manchmal auch junges Leben?

Wie komplett, wenn man verstreut auf der ganzen Welt lebt. Wenn es die hier und die dort gibt,

wenn nur die hier die dort besuchen können.

Wenn die dort andere Voraussetzungen benötigen, um die hier zu sehen.

Manche werden nie die hier sehen und wiederum manche werden nie die dort sehen.

Wenn die dort sich die hier wünschen und nachts mit hoffnungsvollen Gedanken müde ins Bett gehen, um die hier zu werden

und die hier mit Gedanken, was wäre, wenn man die dort wäre, aufstehen.

Die hier und die dort wissen es aber besser, der Preis ist hoch, aber betrachtet man *(die hier, die dort)* gelebte Realität, dann vermutlich doch eher preiswert?

All dieses die hier und die dort soll nicht trennen, stattdessen soll es vereinen,

soll Liebe erblühen lassen, wenn ich an
die hier
und wenn ich an
die dort denke.

Wenn die hier meine *family* sind, wenn die dort meine *farmily* sind, und wenn beides einfach nur meine Familie ist.

In der Erinnerung bin ich vollkommen, denn Unwissenheit führte dazu, dass ich nicht alles wusste, erlaubte mir, Kind zu sein. Erlaubte mir, zu spielen und Kuchen zu essen. Unwissenheit ermöglichte mir Sorgenfreiheit, gab mir Kindheit.

Erwachsenwerden, Erwachsensein scheint so schillernd glänzend mit all seinen Vorzügen in

Kinderaugen, aber eine kindliche Kindheit ist Gold in der Erwachsenenrealität.

Termin. Harburg. Bahnsteig. Fahrt nach Hause. S-Bahn fährt ein.

Volle S-Bahn, wie könnte es auch anders sein,
und wie ich die S-Bahn hasse,
glücklicherweise ein Sitz am Fenster.
Lange Fahrt für Hamburger Verhältnisse.
Hoch und runter durch Tunnel und Haltestellen,
von Helligkeit in die Dunkelheit und wieder zurück.
Blick in die an mir vorbeiziehende Stadtkulisse.
Blätter in der schönsten Farbpalette, der Herbst erleuchtet.
Letzte kitzelnde Sonnenküsse durch die dreckige S-Bahn-Scheibe, bevor sich der dunkle Winter ankündigt, lassen mich schmunzeln.
Immer seltener werdende Sonnenstrahlen lassen mich denken:
Heute vermisse ich ganz besonders
den Ort meines Ursprungs,
dort, wo ich dich sehe und nicht fassen kann, wie wunderschön du bist,
den Ort, wo du Menschen zeigst,
wie schön du bist
in all deiner Fülle
dort, wo die meisten Arten an Pflanzen und Tieren entspringen

dort, wo die meisten deiner Böden in einem Kupfer strahlen, als sei es dein flüssiges Blut,
wo die Luft weich und erdig riecht,
du mit deiner Wärme mich jeden Tag umarmst,
mich fast erdrückst,
dort, wo ich im Regen nackt tanzen kann,
weil du mir Wärme und Abkühlung zugleich schenkst,
du für mich da bist,
mir zeigst, wie grün du bist
wenn ich der Stadt entfliehe,
da, wo die Menschen die schönste und weichste Haut haben,
dort, wo sichtbar wird, dass du alles haben kannst
und doch nichts in dem System, das wir uns geschaffen haben,
dort, wo du nah an deinem Mittelpunkt bist,
vermisse ich dich ganz besonders,
dort, wo du herzlich, offen und liebevoll bist,
deine Stimme seicht in meinem Ohr flüsternd erklärt
es ist (k)ein erfundener magischer Ort

es

sind

die

Tropen

Ghana

Elbgaustraße.

Ausstieg in Fahrtrichtung links,

nichts da Tropen,

nur ein Bahnsteig und die plötzliche Abwesenheit der küssend kitzelnden Sonne ziehen mich in die Realität, genau wie das vibrierende Handy in meiner Tasche.

– Telefonkette

Ghana: Schwester Adwoah ruft Bruder Kwabena an,

Bruder Kwabena ruft Schwester Akua an,

Schwester Akua versucht, Bruder Yaw, Schwester Efia, Amma und Akosua in Abrokyire zu erreichen.

Lange klingelt es, bevor Schwester Akosua den WhatsApp-Call als Einzige in Deutschland entgegennimmt,

kilometerweite Distanz,

schlechte Leitung,

laute Hintergrundgeräusche vom Verkehr,

doch das brüchige, leise erstickte Flüstern von Akua dringt wie ein schrilles Geräusch in Akosuas Ohr, lässt vermuten, dass etwas nicht stimmt.

Akosua bemerkt die Schwere dieses Anrufes, kann sich nur an ihr Handy klammern, geduldig sein und dabei hoffen, nicht hinuntergezogen zu werden

und warten,
warten, bis Akua bereit ist zu reden.

Keine Mimik, keine Gestik ist zu sehen, die Akosua schon längst ohne Sprache den Sachverhalt erklärt hätte.

Nur Stille, nur das schrille Geräusch der Panik, das schwere Atmen und Wimmern von Akua, Stille,

Stille, bis sie von ihrer Stimme gebrochen wird, die die messerscharfen Worte: *»Wawu«* – Sie ist tot – ins Herz von Akosua schneiden.

Für Akosua ist es nicht das erste Mal, der Tod aus der Ferne, aber es ist der erste Tod, der sie zur Waise macht.

Das Herz bricht und ist allein, denn es gibt nichts, was sie machen kann, der Tod ist drüben und über Sprache ins Herz gelangt.

Akosua informiert die restlichen Geschwister, weiß, dass sie ihnen das Herz brechen wird, und schöpft Hoffnung, im Bewusstsein gemeinsam trauern zu können, und so trauern sie in Deutschland und trauern in Ghana.

Trauer als etwas Universelles zu verstehen ist der Trugschluss, denn wissen die hier in Deutschland, dass sie da doppelt durchgehen müssen, denn jetzt sind es die Worte, die vermittelt haben, erst wenn sie drüben sind, wird ihr Herz komplett auseinanderspringen, und sie werden die Worte sehen, werden die Worte mit der Abwesenheit der Stimme der

Toten hören, werden das Glück oder Pech der Worte riechen in der Abwesenheit oder der Anwesenheit des Duftes der Toten. Es ist der doppelte Tod für die Hinterbliebenen in *Abrokyire*.

Akosua – meine Mutter – setzt nach dem Gespräch mit meinem Onkel und meinen Tanten die Kette bei mir fort.

»Hallo Mama.«

Statt eines Videoanrufes kriege ich nur einen schwarzen Bildschirm zu sehen, ich vermute, sie hat den Dreh immer noch nicht ganz raus.

Stille,

»Hallo?«

Ein Hauch einer gefassten und ruhigen – mich beunruhigenden – Stimme erklärt: »Wo Nana awu.«

Und dann nach dem viel zu kurzen Moment des Sackens, was zu tun ist und wie es weitergeht.

Zehn Minuten nach der Nachricht, der ich ganz still zuhörte und hoffte, dieser Anruf sei vielleicht doch nur eine Einbildung, fragt sie irgendwann, wie der Termin war?

Aber wie soll ich meiner Mutter sagen,

dass sie Oma wird, wenn ich meine Oma gerade verloren habe, ihr erzählen, dass ich Mutter werde, während meine Mutter ihre Mutter verloren hat, wie soll ich erklären, dass ein Leben bereit ist zu kommen und ein anderes gegangen ist. Und wie soll ich in Worte fassen, dass ich selbst nicht weiß, wie der Termin für mich war und wie ich mit dem Wissen daraus umgehen soll.

Wie können Trauer und Glück gleichermaßen bestehen?

Können sie nicht, zumindest nicht jetzt.

Also schweige ich und sage in einem unnatürlich schrillen Ton: »Gut!«

Doch weiß ich selbst gerade nicht, ob das gut ist, ob alles gut ist.

Mittlerweile zu Hause angekommen.

Wir legen auf, werden uns in zwei Tagen sehen, um Flüge zu buchen, wenn feststeht, wann die Beerdigung sein soll.

Die Tränen fließen aus mir, in Embryonalstellung lege ich mich ins Bett und lasse meiner Trauer Raum.

Es wird kein erdliches Wiedersehen mit meiner *Nana* geben, und *Nana* und Urenkel werden sich niemals kennenlernen.

Immer mehr Puzzleteile scheinen zu verschwinden und mit neuen Stücken ersetzt zu werden.

Dieses Mal heißt es nicht bis bald *farmily*, hoffen auf ein baldiges Wiedersehen mit deiner vollkommenen *farmily*.

Auf ein schnelleres Akwaaba von deiner *farmily*.

Es heißt, sich für immer auf Erden zu verabschieden, es heißt *Nante yie Nana*.

Joel Pelz

Hamburg/Leipzig (Mehr Schule, kein Fun)

Auf einem Sofa im Hamburger Westen liege ich, mal auf dem Bett, mal auf der Sofacouch. Die Decke ist mein Exoskelett, ich sehe den Himmel aus der Liegeposition, ich atme ein und aus, das Grau, das Blau kommt in den Himmel, und die Sonne gräbt sich manchmal wie ein Specht durch das Holz.

Ich bin ein Junge zu Besuch in der Wohnung meiner Eltern, ein ganz langer Junge, fast zwei Meter lang, alle fragen mich: Gewachsen bist du? Wächst du noch? Zwei Jahre ist es her, da warst du noch nicht so ein Riese, ist ja inhuman, so groß zu sein, du fitter junger Mann.

Wenn ich allein bin, falten sich zwei Meter aufs Sofa, ich falle auf das Sofa, wie ein Baum über einen Fluss, und es macht knack. Ich starre, glotze, atme auf den Bildschirm, glotze Filme, Videos – zwischendurch muss ich liegen und nur an die Decke starren, sonst ist auch das zu anstrengend –, ich fresse helle Infotafeln, ich verdaue sie und chatte nebenbei, ich glotze heimlich und so still wie möglich.

Wie ein Klappmesser liege ich da im Bett mit Ringen unter meinen Augen, und die Augen flimmern fiebrig, so ein Kribbeln in der Iris und hinter den Pupillen, und ganz dunkel ist die Hautmembran, die graue. Jedes Mal, wenn ich in den Spiegel schaue, erschrecke ich. Ich erschrecke vor meinem Gesicht, also schaue ich nach unten und streiche verwundert über meine haarigen Beine, ich denke: All diese Haare, es gab Zeiten ohne all diese Haare, aber es wird nie wieder Zeiten geben ohne all diese Haare, die ja zum Schutz da sind, das muss man wissen, zum Schutz der Haut.

Der Junge muss durch Tage kommen irgendwie. Ich denke: Ein Tag ist ein Sieg. Der Junge isst und spielt und will mit Leuten reden, Freund:innen zum Spielen will er haben. Der Bettpirat, der ich geworden bin, rasiert sich kahl den Kopf, die Stoppeln glänzen, Muskeln schrumpfen, ganz allein auf See, ich werde täglich dünner und ein bisschen androgyner auch. Ein Freund kommt, eine Freundin kommt, sie kommen auf einen Kaffee, ihre Mundwinkel verziehen sich nach unten, wenn ich sage, joa, es geht so, sie stottern, aber bald wird's bestimmt besser, und stolpern ganz verdattert wieder aus der Tür. Piraten rauchen nur alleine, deshalb rauche ich heimlich auf dem Dachbalkon, man nennt das Microdosing in der medizinischen Community, von der ich jetzt ein Teil bin als Patient.

Das Herz pocht danach laut von Nikotin und Koffein, ich fühle mich weder schlecht noch gut, und das ist schon mal eine Flucht. Dann liege ich da auf Zinne von Nikotin und Koffein und bin trotzdem völlig krank und blass, und ich rauche nur alleine, weil mir sonst niemand glaubt, dass ich krank bin, wenn sie mich rauchen sehen und sagen: Wer raucht, ist ja wohl selbst schuld. Tränen trocknen in der Sonne, wurde mir gesagt, das weiß ich nicht, ich sehe die Sonne nur noch selten, und kann sowieso nicht weinen, seit ich keine aufgeschürften Knie mehr habe.

Irgendwann stehe ich dann auf, mir wird schwindelig, mein linkes Auge flackert, und ich kämpfe mit der Logik meines Körpers. Man lernt ein System neunzehn Jahre, dann verschwindet es, und man muss ein neues lernen. Man kennt seinen Körper neunzehn Jahre, und dann kommt's: Die Mathematik verändert sich. Man hat in der Schule alle Grundformeln gelernt und dann die höheren, um endlich *richtig* rechnen zu können, und plötzlich, durch eine

Pandemie, verändert sich alles. Darauf ist man nie gefasst, dass alles sich verändert.

Weil: Ich konnte mich immer auf meinen Körper verlassen. Mein Grundsatz war, meinen Körper zu ruinieren, ihm keine Beachtung zu schenken, den einfachen Dingen keine Beachtung zu schenken.

Und wahrscheinlich deshalb musste es so kommen, wie es jetzt gekommen ist: Ich sehe durch das Fenster, an dem ich sitze, um 23 Uhr das erste Mal am Tag das Dreieck an der Hauswand gegenüber mit den vier Fenstern, zwei sind beleuchtet, und ich muss mich fragen: Was habe ich getan heute, woraus bestand mein Tag. Und ich führe ja akribisch Notiz in einer Tabelle mit Viertelstundenslots, und da trage ich mit Fineliner feinsäuberlich ein, was ich so mache. Und ich merke, bleibe ich weiter hier in Hamburg bei meinen Eltern, weil die häufigsten Wörter in meiner Tabelle sind: Glotzen, Handy, Liegen, also merke ich: Bleibe ich noch weiter hier in Hamburg, verliere ich noch völlig den Verstand. Das hat nichts mit Hamburg zu tun, und ich liebe das Wetter hier, weil es grau und blass ist, so wie ich, aber ich merke, hier in Hamburg kann ich nicht weitermachen.

In Hamburg bin ich drin in meinem Kopf ohne Kontrolle, wie früher. Meine alten Schulfreund:innen – wenn ich sie denn sehe – und ich, wir schlagen uns mit der flachen Hand auf den Rücken und unsere Zähne blitzen beim Lachen, weil wir hatten es doch so lustig damals, und jetzt ist es ernst, bitterernst, wir diskutieren scharf, und ich verbrauche meine Tagesenergie innerhalb von zwei Stunden.

Ich bringe es nämlich nicht übers Herz, den Hamburger Handelsleuten zu sagen, wie schwach ich bin, dass ich völlig und vollkommen leistungsunfähig bin inzwischen. Sie kennen mich von früher, und ich will ihnen diese Veränderung nicht zumuten. Hier bin ich noch einer, der um 3 ins Bett und um 9 hoch kann ohne Probleme, jeden Tag. Einer, der arbeiten kann ohne Probleme, jeden Tag. In Hamburg herrschen nämlich noch Fleiß und Kapital. Der Geist ist modern, innovativ und unternehmerisch, Hamburg ist Gold und Marineblau. Natürlich tragen wir jetzt alle das Leder und die Ohrringe und die Cowboystiefel, doch die Luft ist nach wie vor sauer, und also bleibt alles Gold und Marineblau. Wir stehen am Kai in Övelgönne mit dicken Schals in Mänteln und essen Fischbrötchen, ich sage in jedem Satz Digga, mein Freund hat einen Bart, und meine Freundin trägt Schmuck. Wenn wir reden, geht es nur um Dinge, ganz und ausschließlich, und mein Grundschullehrer Matthias kannte eine Frage, um herauszufinden, ob etwas ein Ding ist oder nicht: Kannst du es sehen und anfassen?

Dass ich krank bin (meine Krankheit), kann niemand (ich auch nicht) sehen und anfassen, und also spricht niemand (ich auch nicht) darüber. Stattdessen trinke ich Jever Fun, so fällt nicht auf, dass ich nichts in der Hand habe.

In Leipzig ist es anders. Hier beherrsche ich die neue Mathematik, ich kann mit ihr spielen. Spieler, sagt man als Junge, ich bin ein richtiger Playboy geworden. Der Satz des Pythagoras hat sich mir eingeprägt, ich berechne jede Viertelstunde akkurat, und die Geometrie beherrsche ich auch. Ich plane einzukaufen und einen Kaffee zu trinken und mit jemandem zu reden, als wären es wichtige Meetings.

Also, es geht ja immer darum, das, was um uns herum passiert, in unseren Kopf zu pressen. Und jetzt habe ich eben aus all meiner neuen Erfahrung ein System entworfen, nach dem ich weiß, was meinen Körper überanstrengt und was nicht. Und das ist akkurat auch, manchmal betrüge ich mich selber natürlich und behaupte, noch nicht über die Grenze gegangen zu sein, und dann muss ich wieder liegen, aber alles in allem rede und spiele ich hier deutlich mehr.

Wenn ich dann aber liege, weil meine Krankheit tückisch ist und von hinten kommt, kann ich immerhin das Handy checken und mich auf Instagram über die aktuell herrschende POLYKRISE informieren, gerade ist POLYKRISE, wie das Erste gesagt hat. Ich verliere mich oft in der Medienlandschaft dann, das öffentliche Leben hat nur noch bedingt mit mir zu tun momentan, und also auch ich mit dem öffentlichen Leben, weshalb ich die Nachrichten entweder viel zu ernst nehme oder überhaupt nicht mit meinem Leben in Verbindung bringen kann.

Zu viel Handy geht aber sowieso nicht an diesen Tagen, und dann muss ich einfach durch. Ich muss einfach liegen da im Bett, überdenke siebenmal, warum ich wieder schlecht gespielt habe, und fahre dabei völlig gegen die Wand. Weil: Ich habe einen Spaziergang gemacht, und dann war ich im Café, und das hat gereicht schon, und also liege ich da im Bett, um meinen Kopf dreht sich ein Strudel, meine Arme wiegen Tonnen, mein Rücken fühlt sich an wie vierzig Grad Kerntemperatur, und ich denke an meinen Einkauf, und nach fünf Minuten denke ich wieder an meinen Einkauf. Ich rechne doppelt und dreifach, das ist sicherer so. Irgendwann nachts liege ich dann immer noch da, ich ziehe den Vorhang zur Seite und sehe, dass der Himmel dunkelgelb und ruhig leuchtet, und denke: Wieso schlaf ich noch immer nicht, mein Leben stinkt, mein Mut zerbricht. Und dann werde ich von der einen auf die andere Sekunde so sauer, dass ich mit der Faust gegen die Wand boxe. Das mache ich öfters in diesen Situationen, und es ist ja ziemlich peinlich, dass ich ständig auf so etwas Dummmännliches verfalle, wie das Boxen meiner Hand gegen die Wand.

An besseren Tagen sieht es anders aus. Ich habe dann besser gespielt und kann stolz auf mich sein, ich sitze auf dem Balkon, das ist ein Sinnbild und stimmt wirklich. Die Spülmaschine donnert durch die Glastür, und ich vergesse all die Tage, an denen es mir schlecht ging. Ich mache das nicht extra, sie sind einfach weg. Im Innenhof sind sehr viele Balkone mit Wohnungen dahinter und Menschen in diesen Wohnungen. Ihnen geht es auch irgendwie, doch ich kenne diese Menschen nicht und habe also keine Ahnung von ihnen. Ich konzentriere mich auf das Wetter, auf das Wetter habe ich spontan keinen Einfluss.

Insgesamt bin ich in Leipzig jetzt, hier in diesem Innenhof, und das heißt mehr Schule für mich, das heißt Gelerntes anwenden, das heißt kein Jever mehr, auch nicht Fun, und das heißt vor allem: Ich muss hier spielen, ich werde hier spielen, es gibt nichts mehr, was mich stört.

Oder auch: Neulich habe ich mit einem Freund geredet, und er hat mir von seinem Urlaub erzählt und gefragt, warum seine Freundin am Strand immer rumsitzen und aufs Meer schauen will, während er schnorcheln oder im Sand buddeln oder rumlaufen muss, um Spaß zu haben. Und ich habe gemerkt, vor meiner Krankheit war ich er, und jetzt bin ich sie. Daher auch: Wir denken, wir haben einen Charakter oder anderes in der Art, und den haben wir. Aber wir denken, der ist naturgegeben, oder das sind wir und zwar für immer, und so sind wir geboren. Doch etwas Größeres ändert sich und sofort und auf der Stelle verändert man sich mit.

Svea Billig

Frühling

Es schneit. Kleine, weiße Flocken fallen lautlos und wie in Zeitlupe vom Himmel. Die Temperaturen sind schon seit Tagen unter Null, und nach und nach wird der gefrorene Boden in unserem Vorgarten von einer dünnen weißen Schicht überzogen. Dicke graue Wolken hängen am Himmel und kündigen mehr Schnee an.

Oma, wie sie inzwischen nicht nur von ihren Enkeln genannt wird, sitzt in ihrem Fernsehsessel. Sie trägt ihren schönsten Pyjama, den roten aus Satin mit den goldenen Streifen. Die weißen Haare sind zerzaust, ihre Haut ist faltig. In dem großen Sessel wirkt sie unscheinbar, als würde sie versinken.

Ihr gegenüber auf dem Hocker sitzt aufrecht die Ärztin. Den dicken Mantel hat sie bereits ausgezogen, die Heizung ist, wie in letzter Zeit immer, auf Anschlag aufgedreht. Ihre kurzen braunen Haare sind ordentlich gekämmt, ihr Gesicht ist ernst.

»Hallo, Frau Sieglitz. Wie geht es Ihnen denn?«, fragt sie. Oma lächelt. »Jach, ganz gut.« Die Ärztin nickt leicht. Ihr Blick huscht zu mir, dann fragt sie: »Wissen Sie, warum ich hier bin?« Oma überlegt kurz. »Hm … Nein«, sagt sie dann, von dieser Tatsache allerdings scheinbar nicht im Geringsten beunruhigt.

»Könnten Sie mir vielleicht noch einmal Ihren Namen nennen?«, beginnt die Ärztin ihre Befragung. »Natürlich! Marianne Sieglitz!« »Sehr gut. Und wann wurden Sie geboren?« »Am 3. Mai 1936.« Wieder nickt die Ärztin. Bisher läuft alles gut. Oma muss noch erzählen, wo und wie sie aufgewachsen ist, und einige Fragen zu ihrem frühen Erwachsenenleben beantworten, während ich durchs Fenster den Nachbarskater beobachte. Er tapst vorsichtig an den kahlen Bäumen in unserem Garten vorbei durch den Schnee und sieht alles andere als glücklich aus. Seine kleinen Pfoten hinterlassen Abdrücke in der inzwischen dicker gewordenen Schneedecke.

Im Sommer, als Oma noch nach draußen ging, war er immer auf ihren Schoß geklettert und hatte sich dort eingekringelt, und obwohl Oma Katzen eigentlich nicht mochte, hatte sie ihn nie verscheucht, sondern das seidig schwarze Fell behutsam gestreichelt. Jetzt ist sein Fell alles andere als seidig, es ist nass vom Schnee und klebt an seinem dünnen, zitternden Körper.

Die Ärztin beginnt inzwischen mit dem zweiten Teil ihrer Fragerunde: »Welchen Wochentag haben wir denn heute?« Oma überlegt. Die Uhr an der Wand tickt laut. Zögerlich kommt nach einiger Zeit schließlich ihre Antwort: »Mittwoch?« Die Ärztin sagt nichts, wechselt nur einen schnellen Blick mit mir. Oma sinkt in ihrem Sessel ein bisschen in sich zusammen. Ich bin mir nicht sicher, ob die Ärztin es bemerkt. »Und welches Jahr haben wir?«, kommt ihre nächste Frage. »Hm … 2012«, antwortet Oma, dieses Mal ein wenig schneller. Die Ärztin geht darüber hinweg, stellt einfach ihre letzte Frage: »Welche Jahreszeit haben wir denn gerade?« Jetzt antwortet Oma wie aus der Pistole geschossen und mit einer selbstbewussten Entschlossenheit: »Frühling!«

Draußen werden die Flocken dichter und der eiskalte Wind stärker. Inzwischen biegen sich die Äste der Tanne gegenüber unter dem Schnee. Auf der anderen

Straßenseite verschwindet der Nachbarskater durch die Katzenklappe in der festlich geschmückten Haustür nach drinnen ins Warme.

Mija Freiberg

Schattenfenster

Eine klitzekleine Brise löst ihr eine Haarsträhne aus dem perfekt gebundenen Zopf. Mir wird kalt. Fast ist es, als könnte ich ihn spüren, den kalten Wind auf meiner blassen Haut. Die Frau mit dem nun nicht mehr perfekt gebundenen Zopf reckt ihr Kinn Richtung Himmel. Als wolle sie nach den Sternen greifen, die hinter dem leuchtend roten Sonnenuntergang auf ihren großen Auftritt warten. Ich tue es ihr nach und spüre, wie mich die leichte Wärme der Abendsonne kitzelt. Die Augen geschlossen, sauge ich den Moment in mich auf. Das Gefühl, wie der letzte Sonnenstrahl des Tages sanft meine Nasenspitze berührt, warm und vertraut. Als ich die Augen wieder öffne, ist bei der Frau mit dem fast perfekt gebundenen Zopf die Sonne hinter dem Horizont verschwunden. Ich betrachte verträumt die gelöste Strähne in ihrem Gesicht, die im Wind im Takt der Musik hin und her zu tanzen scheint. Ein Kran nach dem anderen jagt an ihrem Gesicht vorbei. Vom Boot aus kann man ihnen im Hafen bei der Arbeit zusehen. Ein Container nach dem anderen verlässt in den Armen des Krans schwankend das Schiff. So kommen also Dinge aus aller Welt bei uns an. Ich habe noch nie etwas bestellt, denke ich und überlege, was für großartige Dinge sich in den Containern befinden könnten. Die Musik wird lauter, während ich von strahlend weißen neuen Nikes träume.

Ein Dach aus zehn Zacken ragt in den Himmel. Die unendlich vielen Lichter des Hafens tanzen in den Wellen aus Glas. Außergewöhnlich scharfkantig und gleichzeitig weich schillern die Scheinwerfer eines Frachters in der gläsernen Fassade. Tradition trifft Moderne. Hamburgs Wahrzeichen und kulturelles Denkmal erscheint auf dem Bildschirm. Die letzten Töne des Orchesters sind gespielt, der Saal tobt vor Begeisterung. Mein Blick streift die Reihen. Bunte Krawatten und schwarze Abendkleider. Ein Hemd erweckt meine Aufmerksamkeit. Es wirkt unscheinbar schwarz. Doch als ich genauer hinsehe, tummeln sich eine Menge kleiner Teddybären darauf. Der hat Humor, denke ich und muss schmunzeln. In Gedanken versunken schaue ich an mir herunter. Ein Blazer, der elegant meinen schmalen Hüften schmeichelt. Dazu eine weite Hose aus Stoff und hohe Schuhe, die meine zu kurz geratenen Beine verstecken, träume ich.

Ein Straßenschild streift das Kamerabild. Neuer Wall, lese ich, bevor ich in eine lange Straße schaue. Links und rechts alte, verschnörkelte Häuser, in denen Geschäfte im Erdgeschoss eingezogen sind. Gucci, Burberry, Louis Vuitton und eine Menge exklusiver Boutiquen, deren Namen mir nichts sagen. Am Ende der Straße, die ohne Worte laut nach Luxus schreit, ist eine Fontäne zu sehen. Die Alster.

Ich finde den roten Knopf auf der Fernbedienung und schalte den alten Röhrenfernseher aus. Routiniert lausche ich noch einen Moment, denn er knistert immer noch ein wenig nach, bis es still wird. Nicht ganz still, denn eigentlich war ich auf dem Weg, meine lauten Gedanken mit einer absolut unrelevanten, unterhaltsamen Serie zu betäuben. Dass die Mission an einer NDR-Nordreportage gescheitert ist, macht mich nachdenklich. Hamburg, die Stadt, in der ich zu Hause bin. Das ist also das Hamburg, das jährlich Millionen von Touristen anzieht. Mein Blick schweift durch das Zimmer. Die Wände sind gelb gestrichen. Ich hasse gelb, denke ich. Geschmückt durch die Handabdrücke eines Kleinkindes in Rot und Blau. Meine Handabdrücke. Ich erinnere mich gern daran zurück, als die Welt zwar nicht in Ordnung, aber meine es war. Heute bin ich elf Jahre alt und wünsche mir nichts sehnlicher als ein Zimmer, das cool ist. Zumindest cool genug, um Freunde einzuladen. »Nur noch einen Sommer Trinkgeld, mein Schatz, dann streichen wir dein Zimmer«, hatte sie gesagt. Ich weiß genau, dass das nicht geht. Ich weiß genau, dass das nicht passieren wird. Wir leben vom Trinkgeld, weil die Miete alles andere verschlingt. Ich weiß auch, dass sie wochenlang heimlich Nudeln mit Ketchup essen würde, um endlich mein Zimmer streichen zu können. Weil ich nicht möchte, dass meine Mama in den Hungerstreik zieht, beschließe ich, mich nicht weiter zu beschweren und darauf zu achten, dass sie genug isst. Resigniert betrachte ich die kleinen roten und blauen Finger an der Wand. Wer will schon cool sein, denke ich und trotte Richtung Kleiderschrank, dem eine Tür fehlt. Ich ziehe ein Shirt aus dem Stapel und stecke meine Nase so tief in seinen Stoff, wie ich kann. Nicht bestanden. Das Shirt fliegt in hohem Bogen in den Wäschekorb, der nichts weiter ist als eine Waschschüssel, auf der ein Haufen dreckiger Kleider thront. Die nächsten drei Shirts bestehen ebenfalls nicht und folgen dem Beispiel des ersten. Genervt versuche ich meinen Kopf durch die Öffnung eines Strickpullovers aus dem letzten Winter zu stecken. Es ist Ende Mai, und der Wetterbericht sagt 23 Grad für den Tag voraus. Aber nichts ist schlimmer, als aus dem Augenwinkel zu beobachten, wie andere Kinder die Nase rümpfen. Die Blicke, in denen sich Abweisung spiegelt. Wir haben kein Extrazimmer zum Wäschetrocknen, und Mama raucht viel. Viel zu viel. Ist es das, was Erwachsene tun, um ihre schreienden Gedanken leiser werden zu lassen?

Mein Kopf hat es endlich in den Pulli geschafft und ich krempele die Ärmel hoch. Cropped ist doch Trend, denke ich und stapfe gut gelaunt aus dem Zimmer, denn heute hat niemand einen Grund für schiefe Blicke.

Kippelnd stehe ich auf der Türschwelle zwischen meinem Zimmer und dem Wohnzimmer. Mehr Zimmer gibt es nicht. Jeden Morgen verwandelt sich das Bett in ein Sofa und abends wieder zurück. Jeden Tag stehe ich vorsichtig auf der Türschwelle und schaue mich um, bevor ich den Raum betrete. Die vierzehn Quadratmeter hinter mir sind meine steinerne Festung. Dort bin ich sicher vor den Ungeheuern, die hinter der Türschwelle auf mich lauern. Ich scanne den Raum mit meinen Augen und meiner Intuition, die in den letzten Jahren einen riesigen Sprung gemacht hat, als wäre sie ein Baum, dessen Rinde von Jahr zu Jahr eine schützende Schicht mehr entwickelt. Mama sitzt auf dem bereits verwandelten Sofa und starrt in ihre Tasse Kaffee. Sie ist wach und sitzt. Das ist gut.

Als sie mich bemerkt, schaut sie mich an. Sie schaut mir in die Augen. Auch gut, denke ich und wiege mich ein Stück in den Raum hinein. »Hast du gut geschlafen?«, fragt sie, und ich nicke schweigend. Sie steht auf, geht an mir vorbei und wuschelt mir durch die immer noch zerzausten Haare, die vom stundenlangen hin und her Wälzen immer aussehen, als wäre ich in der Nacht einem Hurrikan begegnet. »Ich hole dir Frühstück raus«, sagt sie, bevor sie in der Küche verschwindet. Heute scheint ein guter Tag zu sein. Langsam löst sich die Anspannung in meinem Körper in Luft auf. Die guten Tage sauge ich in mich auf wie Wasser nach einem langen Marsch durch die Wüste.

Mama ist Friseurin. Sie liebt ihren Job, aber ihre Liebe ist vergeblich. Manchmal ist sie nachts weg, um nach der Arbeit weiterzuarbeiten. Putzen in großen Bürogebäuden, stundenlang. Ich habe aufgegeben, am Fenster zu sitzen und mit der Nase an die kalte Scheibe gedrückt auf sie zu warten. Sie kommt zwar immer irgendwann wieder, aber eigentlich auch nicht. Ihre Augen sind dann oft leer und sehen erschreckend einsam aus. Aber wir sind doch zu zweit, ich bin doch da! Wir gegen die Welt, weißt du nicht mehr, toben die verzweifelten Gedanken dann in meinem Kopf. Zu oft habe ich vergeblich nach meiner Mama gesucht, während sie vor mir stand.

Habe ihr zu oft tief in die Augen geschaut, ohne sie zu sehen. Sie ist immer zurückgekommen und trotzdem für Tage oder Wochen verschwunden. Als hätte man sie beraubt und anstelle wertvoller Gegenstände ihre Seele mitgenommen. Wenn ich morgens auf der Türschwelle stehend den Raum scanne, versuche ich herauszufinden, ob sie oder bloß ihre leere Hülle vor mir sitzt. Wenn sie sich verloren hat, muss ich da sein. Muss die Stellung halten, damit unsere kleine Festung nicht untergeht. Keine Fragen stellen, keine Forderungen, nicht nerven, selbstständig die Morgenroutine erledigen, lieb sein, gehe ich dann die Liste in meinem Kopf durch, bevor ich die Türschwelle übertrete.

Heute ist Mama einfach nur Mama. Die Mama, die immer sagt: »Du kannst alles schaffen, wenn du nur willst und niemals aufgibst!« Oder: »Wenn du dich in der Schule nur genug anstrengst, kannst du alles werden!« »Du bist so unglaublich stark, ich bewundere dich«, sagt sie oft, während ich mir wünsche, es nicht sein zu müssen. Aber heute ist ein guter Tag. Ich bin nicht allein, obwohl ich allein vor meinem Frühstück sitze. Tief in meinem Lieblingssessel versunken, greife ich nach dem Käse, als Mama aus der Küche ruft: »Wir haben noch zwanzig Euro bis zum Ende des Monats!« Ich halte inne. Meine Gedanken überschlagen sich. Heute ist der 20. Mai, oder war es der 21.? Jedenfalls ist das mein Zeichen, dass heute eine halbe Scheibe Käse ausreichen muss. Mama und ich sind ein eingespieltes Team. Ich trenne die blassgelbe, löchrige Scheibe sorgfältig durch. Die übrige Hälfte wandert zurück in die Packung. *Gut und günstig,* lese ich. *Nicht günstig genug,* denke ich.

Auf dem Schulweg beobachte ich, wie sich Sand und Gehwegplatten in regelmäßigen Abständen abwechseln. Meinen Kopf gesenkt, den Blick auf den Boden gerichtet, mache ich mir einen Spaß daraus, die Fugen nicht zu berühren. So laufe ich jeden Morgen. Schaue auf den Boden, weil ich hoffe, dass niemand sieht, wie ich still und heimlich einen Kampf mit meinen viel zu lauten Gedanken ausfechte. Bloß nicht gesehen werden, denke ich, während ich mir wünsche, endlich gesehen zu werden. »Elli! Elli, warte doch!« Eine Hand packt mich an den Schultern und reißt mich herum. Lils breites Grinsen verrät mir, dass sie etwas ausgeheckt hat. Ihre grünen, mit gelben Akzenten durchzogenen Augen funkeln mich erwartungsvoll an. Sie ist die Einzige, die mich jemals wirklich gesehen hat. »Morgen«, murmle ich ihr zu und kann nicht anders als zu schmunzeln. »Gehen wir nach der Schule Eis essen?«, fragt sie und gibt mir einen schelmischen Blick von der Seite. Sie weiß ganz genau, dass sie mich einladen muss, und sie weiß noch besser, wie schwindend gering meine Chancen sind, mich dagegen zu wehren. »Klar, machen wir.«

Lil heißt eigentlich Lillian. Sie ist groß gewachsen, und ihre blonden Locken hüpfen bei jedem Schritt auf und ab. Ihr Selbstbewusstsein ist noch größer als der viel zu große Eisbecher, den sie mir nachher vor die Nase stellen wird. Lils Eltern sind Ärzte, haben eine Gemeinschaftspraxis im Erdgeschoss ihres Einfamilienhauses. Weil das super viel Arbeit ist, haben sie super wenig Zeit, was noch viel mehr Taschengeld bedeutet. Mein Blick fällt auf ein Schild am Straßenrand, und ich erinnere mich an die Reportage. Dort steht nicht Neuer Wall, sondern Dulsberg. Bis vor ein paar Jahren habe ich nicht begriffen, was der Unterschied zwischen arm und reich ist. In Momenten, in denen ich mit Anlauf in jede einzelne Pfütze gesprungen bin und mir der Matsch bis ans Kinn gespritzt ist. In Momenten, in denen ich die zarten Flügel eines weißen Schmetterlings durch meine Entdeckerlupe betrachtete. In Momenten, in denen ich vor Lachen auf dem Boden lag, dachte ich, wir könnten reicher nicht sein. Ich weiß nicht, wer auf diese kuriose Idee gekommen ist, aber in Dulsberg steht eine Eliteschule. Eine Eliteschule des Sports mit Internat für die Elitekinder dieser Stadt in einem der ärmsten Stadtteile Hamburgs. Wenige Tage nach der Einschulung hatte ich verstanden. Verstanden, dass ich nicht selbst entscheide, wer ich sein möchte, dass das, was ich besitze, und der soziale Status entscheiden, ob ich in dieser Gesellschaft wertvoll bin.

Lil schielt hinter ihrem Eisbecher hervor, der heute genau die richtige Größe hat. »Was ist eigentlich heute mit dir los?«, fragt sie und beobachtet mich, während mir Erdbeereis auf den Strickpulli tropft. Normalerweise nehme ich Mango und Schokolade, ausnahmslos. Weil ich weiß, damit nichts falsch zu machen. Jede Konstante ein Fels in der Brandung. »Heute ist ein guter Tag, und ich habe beschlossen, ab jetzt mutig zu sein«, nuschle ich aus halb vollem Mund. Lil ist noch nie auf Nummer sicher gegangen. Sie spielt Hockey, und als Mittelstürmerin gestaltet sie das Offensivspiel. So oft schon habe ich ihr dabei zugesehen, wie sie mit ihrer ungestümen und gleichzeitig geschickten Natur der Mannschaft zum Sieg verholfen hat. Lillian ist eines dieser Elitekinder. Mutig, talentiert und charmant. Damals nach der ersten Woche der ersten Klasse kam sie in der Pause auf mich zu. »Wollen wir Freunde sein?«, fragte sie geradeheraus. Lil wusste schon immer, was sie wollte, und sie wollte mich. Seitdem sind wir unzertrennlich. Ihr war es egal, ob Bilder der neuesten Stars oder rotblaue Kleinkinderhände meine Wände schmückten. Von dem Moment an sind wir gemeinsam in Pfützen gesprungen und haben uns vor Lachen auf dem Boden gewälzt. Ich habe Lil geerdet, und sie war für mich das Fenster zu einer anderen Welt, durch das ich sehnsüchtig schaute, wenn meine grau und kalt war.

An diesem Abend bin ich mit einem genau richtig großen Eisbecher und einem guten Gefühl im Bauch auf dem Weg nach Hause. Als ich den Schlüssel im Schlüsselloch herumdrehe, halte ich abrupt inne. Ein Cocktail aus Gefühlen durchströmt meinen Körper. Normalerweise habe ich für jedes Gefühl eine eigene Strategie. Das In-Worte-Fassen und Einordnen von dem, was in mir vorgeht, ist meine stärkste Waffe gegen den Untergang. Ich hörte sie schreien, gefolgt von dem Geräusch zerberstenden Porzellans. Das war die andere Seite der Medaille. Wenn Mama da ist, wenn sie fühlt, fühlt sie intensiv. Wenn sie wütend ist, ist sie sehr wütend. Eigentlich finde ich die tobende, wütende, Porzellan zerschlagende Mama besser als die mit den leeren Augen, auch wenn sie mir Angst macht. Ein weiterer Schrei lässt mich zusammenzucken. Meine Nackenmuskeln spannen sich an. Ich spüre ihren Schmerz. Sie ist oft unglaublich wütend, nicht auf mich, sondern auf die Welt da draußen. Weil es so ungerecht ist. Weil sie mir so gerne eine unbeschwerte Kindheit geschenkt hätte. Sie tut alles, aber kann nichts tun. Weil ich nicht möchte, dass sie bemerkt, was ich alles bemerke, drehe ich leise den Schlüssel um, öffne die Tür einen Spalt weit und schleiche mich an der Küche vorbei. Schnell schlüpfe ich in meine Laufsachen, binde mir hastig die Haare und schleiche mich erneut an der Küche vorbei und durch den Türspalt wieder nach draußen. Laufen ist das Einzige, was hilft. Die Momente, in denen ich mich zu Hause fühle, sind immer die, in denen ich von zu Hause weglaufe. Weit weg. Wenn das Pochen meines Herzens lauter ist als die Gedanken in meinem Kopf. Wenn der Schmerz meiner brennenden Muskeln ihren Schmerz überdeckt. Wenn Adrenalin den Platz der Angst einnimmt, bis sie komplett verschwunden ist, fühle ich mich lebendig. Dann bin ich zu Hause. Zu Hause in meinem eigenen Körper, nirgendwo anders.

Eine Stunde ist vergangen, als ich mein linkes Ohr an die Wohnungstür presse, lausche und versuche, meinen außer Kontrolle geratenen Atem zu regulieren. Stille. Vorsichtig drehe ich den Schlüssel, öffne die Tür und betrete vorsichtig den dunklen Flur. »Hey, wie geht's dir? Wie war dein Tag?«, fragt sie, als wäre nichts gewesen. Ich erwähne nicht, dass ich Eis essen war, damit sie sich nicht schlecht fühlt, mir keins kaufen zu können. »Eigentlich echt ganz gut«, lüge ich ausnahmsweise mal nicht. Als sie darauf nichts erwidert, schaue ich endlich vom Boden auf. Sie sieht mich schweigend an und zieht mich im nächsten Moment unerwartet in ihre Arme. Bleibst du bitte dieses Mal länger bei mir, denke ich. »Musst du heute Abend wieder weg?«, frage ich und frage mich, ob ich morgen wieder allein bin. Allein umgeben von Millionen Menschen in dieser riesigen Stadt. »Nein, heute bleibe ich da.« Sie zieht mich noch zwei

Zentimeter dichter und drückt mir einen Kuss auf die Stirn. »Wir gegen die Welt«, flüstert sie. Wir gegen die Welt, denke ich und hoffe so sehr, dass sie diesmal für immer bleibt. So wie jedes Mal.

Zwanzig Jahre später.

Etwas vibriert in meiner Tasche. Ob unsere Kinder noch wissen werden, was es mit dem Hörersymbol auf sich hat?, frage ich mich, swipe nach rechts und gehe ran. »Hey Elli, Lust, heute Abend essen zu gehen? Am Hafen gibt es einen neuen Vietnamesen, den müssen wir ausprobieren!« Lil ist auf dem Sprung, das höre ich sofort. Ich stelle mir vor, wie sie auf einem Fuß stehend versucht, dem anderen einen Schuh anzuziehen, gleichzeitig das Handy zwischen Schulter und Ohr balanciert, und muss schmunzeln. »Gerne! Ich muss vorher nochmal ins Institut. 20 Uhr?«, frage ich und höre ein unregelmäßiges Rauschen am Ende der Leitung. »Entschuldige Elli, bin auf dem Sprung. 20 Uhr klingt gut. Bis später, ciao ciao.« Sie hat aufgelegt.

Lillian hat es mit Mitte zwanzig in die Hockey-Nationalmannschaft geschafft. »Mit links«, sagt sie immer, obwohl sie Rechtshänderin ist. Es ist diese Leichtigkeit, die sie durch das Leben trägt, schon immer. Sie ist kein Mensch, der denkt, bevor er handelt. Sie lebt im Hier und Jetzt. Faszinierend, denke ich nicht zum ersten Mal und schaue aus den bodentiefen Fenstern meines lichtdurchfluteten Apartments. Grelle Mittagssonne flutet das Wohnzimmer, und ich beobachte die langsam zu Boden segelnden Staubkörner. Einen Moment lang versinke ich in diesem Anblick. Sie sind wie Lil, lassen sich treiben, mitreißen, lassen sich wegwischen und kommen immer wieder. Hartnäckig und treu zugleich, denke ich und gehe zum Kleiderschrank. Straßenklamotten trage ich im Apartment nicht. Es ist mein Safe Space, den ich beharrlich verteidige. Ich werfe einen Blick in meinen Schrank. Sorgfältig gefaltet und geordnet liegt alles an seinem Platz. Ich ziehe ein fliederfarbenes Shirt aus der Mitte des dritten Stapels von links in der der vierten Reihe von unten. Meine Nase verschwindet tief in dem weichen Stoff. Bestanden. Auch Hose und Socken haben bestanden, und ich bin bereit, meiner Forschung nachzugehen. Nicht ganz. Bevor ich das Apartment verlasse, schnappe ich mir den Laib Brot, schneide eine dicke Scheibe ab und belege sie mit zwei Scheiben altem Gouda aus dem Biomarkt. Der Weg zum Institut für Sozialforschung ist nicht weit, und trotzdem schaue ich nervös auf die Uhr, während die letzten Tropfen Espresso den Siebträger verlassen. Na gut, heute kein Cappuccino, ich muss los, denke ich, stürze den Espresso runter, streife mir den beigefarbenen Trenchcoat über und verlasse das Apartment.

Im Institut ist die Hölle los. Nächste Woche findet ein Kongress statt, und die wichtigsten Daten sind noch nicht ausgewertet. »Warum läuft immer dann alles schief, wenn es drauf ankommt?«, flucht mein Arbeitskollege. Weil ich im Kopf gerade dabei war, die letzten Tage bis zum Kongress im Detail durchzuplanen, zucke ich bei seinem Gefühlsausbruch zusammen, als wäre eine Bombe in die Luft gegangen. Ich schaue zu ihm hoch. Klitzekleine Schweißperlen liegen auf seiner Stirn, und seine Wangen sind leicht rot gefärbt. »Weil es drauf ankommt«, beantworte ich lässig seine rhetorische Frage, woraufhin sich der Farbton seines Gesichts noch ein Stück weiter Richtung Cherrytomate verändert. »Liam, jetzt entspann dich wieder. Du siehst aus, als würdest du gleich in die Luft gehen.« Liams Finger sprinten über die Tastatur. Ich habe mich schon immer gefragt, wie das überhaupt möglich ist. »Das bin ich schon längst. Dass nicht einmal die Bildungselite sowas hinbekommt …«, sagt er resigniert und hält einen kurzen Moment inne, bevor er weiter in die Tasten haut. Ich hasse diesen Begriff. Elite? Wir sind Menschen, verdammt, genau wie alle anderen auch, denke ich und widme mich wieder meiner Arbeit. Wissenschaft ist eine Mischung aus Leidenschaft, Neugier, aber auch Verzweiflung und Scheitern zugleich. Eine versöhnliche Ambivalenz.

Es vibriert in meiner Hosentasche, als ich gerade das Institutsgebäude verlasse. Mama, lese ich und gehe ran. »Hallo? Ja, bin gerade raus. Eigentlich bin ich gleich mit Lil verabredet. Ja, ich frag sie sofort. Melde mich gleich. Tschüss.« Ich lege auf und rufe Lil an. Eine Viertelstunde später sind wir auf dem Weg zu meiner Mama. »Irgendeine Versicherung macht Stress. Sollte aber schnell gehen«, beantworte ich Lils unausgesprochene Frage. Wir fahren an dem Schild vorbei, auf dem Dulsberg steht. Als wir auf den Hinterhof einfahren, kommt es hoch, das mulmige Gefühl. Ich schaue hin, ohne hinzusehen. Wir gegen die Welt, erinnere ich mich und habe einen Kloß im Hals. So wie jedes Mal. Noch nie habe ich so sehr versucht, etwas zu vergessen und es gleichzeitig nicht zu tun. Ich habe meinen Platz in dieser Welt gefunden. Manchmal plagt mich ein schlechtes Gewissen. Dann frage ich mich, ob ich mehr tun kann. Mehr tun als zu vergessen, während sich meine neue Welt in eine Selbstverständlichkeit verwandelt. Ich weiß, dass nicht jedes Schattenkind eine neue Welt entdecken wird. Ich möchte helfen, aber weiß, dass es nicht reichen wird.

Am Hafen angekommen, weht eine steife Brise. Die kühle Abendluft klärt meinen vernebelten Verstand. Wir sitzen im Restaurant, und das Essen ist vorzüglich. Wir unterhalten uns über Gott und die Welt. Beobachten den Sonnenuntergang. »Geht auf mich«, sage ich wenig später, bezahle und betrachte Lil von der Seite. Sie trägt einen strengen Zopf aus dessen Ende alles andere als strenge, blonde Locken hüpfen. Mein Blick geht an ihr vorbei, und ich beobachte, wie ein Kran einen rostigen Container vom Deck des Schiffes an Land befördert. Als sich durch den Wind eine zuvor streng zurückgebundene Strähne aus Lils Zopf löst, habe ich das Gefühl ein Déjà-vu zu haben. »Lil?«, frage ich. »Ja?«, erwidert sie und dreht den Kopf neugierig zu mir. »Manchmal frage ich mich, ob es wirklich eine andere Welt war oder ob wir einfach nur an verschiedenen Fenstern gestanden und die Welt mit anderen Augen gesehen haben.« Ich sehe ihr an, dass sie anfängt zu grübeln. »Ja, vielleicht hast du Recht. Aber ich glaube, du hast dieses Fenster nie zugemacht.«

Am nächsten Morgen stehe ich vor den bodentiefen Fenstern. Sanfte Morgensonne flutet das Wohnzimmer, und ich beobachte die langsam zu Boden segelnden Staubkörner, bis mir auffällt, wie bewundernswert sie sind. Noch leichter als eine Feder, getragen von unsichtbaren Strömungen in der Luft, segelt jedes Staubkorn elegant durch den Raum, bis es auf dem Boden ankommt. Ich gehe zum Fenster und öffne es. Sofort wirbeln die am Boden liegenden Staubkörner wieder in die Luft und tanzen im Schein der Sonne einen stillen Tanz. Sie tanzen, bis die Erdanziehungskraft wieder stärker ist als die Kräfte, die ich durch das Fenster reingelassen habe, um die Welt der Staubkörner gewaltig auf den

Kopf zu stellen. Das Spiel des leisen Falls beginnt von vorne. Ich denke darüber nach, wie abhängig sie sind. Abhängig von äußeren Bedingungen. Abhängig von physikalischen Kräften. Ein Windstoß und sie sind auf und davon. Es gab Momente in meinem Leben, in denen ich mir auch gewünscht hätte, einfach davonzufliegen. Doch ich bin geblieben. Ich habe mich entschieden zu bleiben. Und ich lebe nicht in einer anderen Welt, doch schaue ich aus anderen Fenstern. Es ist keine Flucht, es ist der Beweis, dass man bleiben kann. Dass man bleiben und zugleich verändern kann. Die alte in eine neue Welt verwandeln, ohne daran zu zerbrechen.

Teresa Wille

Das große Spiel

An dem Abend, an dem der Regisseur aus dem Fenster fiel und auf der Straße aufschlug, hatte Renee besonders viel an ihre Mutter gedacht.

Sie war einige Stunden zuvor im ›Kranich‹ aufgetreten, einem Nachtclub im Berliner Westen. Sie hatte Klavier gespielt und gesungen, die Gäste hatten gejohlt und sich in sie verliebt. Als sie danach die Tanzfläche betrat, hatte der Regisseur sie hinter die Bühne gebeten. Renee hatte sich daran gestört, dass er mit dem linken Fuß hinkte. Außerdem war er kleiner als sie gewesen. Der Regisseur hatte ihr viel erzählt, über seine Stücke, die sie kannte, und seine Tournee, die sie im Fernsehen verfolgt hatte, und sie hatte auf dem Sofa in der Umkleide gelegen und geraucht und immer nur daran denken können, dass er doch so viel kleiner war als sie und dass er wirklich grausam hinkte. Sie hätte es am liebsten ihrer Mutter erzählt. Sie hatte lange nicht mehr mit ihrer Mutter geredet. Das letzte Mal hatte sie sie bei der Kirchenmesse gesehen, am Geburtstag ihrer Großmutter. An diesem Tag hatte Renees Mutter Renee von ihrer Zeit im Kloster erzählt. Gleich nach dem Gottesdienst war es gewesen, als sie gemeinsam unter dem schmalen Vordach der Kirche gestanden und geraucht hatten. Es hatte geschneit an diesem Tag, erinnerte sie sich.

»Ich bin deiner Großmutter für nichts so dankbar, wie für die Klosterschule. Das Kloster hat mich lügen gelehrt, Renee. Es war das größte Spiel meines Lebens.«

»Ich dachte, lügen sei eine Sünde«, hatte Renee zu ihr gesagt.

»Ohne Sünde entsteht selten interessante Kunst«, sagte der Regisseur.

»Wir spielten alle mit«, hatte ihre Mutter gesagt, »bis auf die Kinder von außerhalb, die, die am Abend zu ihren Familien fuhren. Die waren zu selten da, denn die größte Magie passierte immer in den Schlafsälen.«

»Warum kommen Sie nicht mit zu mir, Renee?«, fragte der Regisseur. Sie nickte und stand auf, drückte ihre Zigarette in dem verzierten Aschenbecher der Umkleide aus. Draußen waren die Straßen Berlins dunkel.

»Wir lagen oft Nächte wach und feilten an dem Spiel«, hatte ihre Mutter damals erzählt und gelächelt, erinnerte sich Renee. »Wir erzählten uns, wir seien im Kloster gefangen, und die Nonnen passten auf wie Gefängniswärterinnen. Sie wollten nicht, dass wir herausfanden, dass wir eingesperrt waren. Die Kinder, die nur tagsüber zur Schule kamen, durften nichts von unserer geheimen Verschwörung wissen, irgendwann auszubrechen. Es tat mir manchmal leid, sie vom großen Spiel auszuschließen, aber so war es nun mal. Da war ein Zaun um das Kloster herum, ich glaube er war für die Schafe im Stall nebenan, aber wir sagten uns, er sei für uns, damit wir nicht weglaufen konnten. Jedes Mal, wenn wir die Schafe melken oder Äpfel von den Bäumen des Grundstücks holen mussten, taten wir heimlich unter uns, als wären wir zu unmenschlichen Arbeiten gezwungen. Aber wir ließen uns vor den Schwestern nichts anmerken. Wer weiß, was unsere Gefängniswärterinnen dann mit uns getan hätten. Wir erzählten uns grausame Folterszenarien. Nichts machte uns mehr Spaß. Und nachts, in der Dunkelheit unserer Schlafsäle, schmiedeten wir Pläne, wer hinausgehen und den Zaun auskundschaften würde, bis wir ein Loch fanden, durch das wir fliehen konnten.«

»Sagen Sie, lügen Sie viel? Ich habe diese Lügen so satt. Sind nicht Lügen nur ein Konstrukt, in dem stets nur für eine Person Platz ist? Es ist so sehr einsam, als Lügner«, hörte sie die Stimme des Regisseurs zu ihr durchdringen.

»War es denn so schrecklich, dass du unbedingt ausbrechen wolltest?«, hatte Renee ihre Mutter gefragt.

»Oh, ganz im Gegenteil. Es war wunderschön. Wir waren Helden, Renee.«

»Euch muss furchtbar langweilig gewesen sein.«

Der Regisseur öffnete die hohe Tür eines Mehrfamilienhauses, und Renee folgte ihm bis in den vierten Stock.

»Lass uns Musik hören. Es ist so furchtbar still hier«, sagte der Regisseur.

Renee zündete sich eine Zigarette an.

»Ein stilles Geheimnis war es«, hörte sie ihre Mutter lachen, »über so viele Jahre. Ich habe mit keiner meiner Mitschülerinnen je wieder darüber gesprochen, nachdem wir von der Schule gegangen sind. Es ist so wahr für uns, bis heute. Auch wenn wir alle wissen, dass es ein großes Spiel ist.«

»Ich habe mich ein wenig in Sie verliebt heute, Renee. Was halten Sie davon, in meinem nächsten Stück zu spielen?«

Renee sagte nichts. Der Regisseur kam ihr plötzlich sehr künstlich vor, seine Kunst lächerlich und Sex mit ihm sehr uninteressant.

Er wirkte etwas gekränkt, stand auf und schenkte sich in der Küche ein Glas Likör ein.

»Wollen Sie auch?«

Renee schüttelte den Kopf und stützte ihre Hand auf ihren Arm. Der Regisseur redete, doch sie hörte nicht zu. Sie dachte an ihre Mutter, während sie mit ihm schlief. Danach zündete sie sich eine Zigarette an, ohne ihm eine anzubieten. Irgendwann stoppte die Musik und der Regisseur begann zu weinen. Er stand vor dem geöffneten Fenster, blickte hinaus und schluchzte.

»Wissen Sie, ich weiß, wer ich sein will, und ich weiß, wer ich bin, doch ich weiß nicht, worin die Brücke liegt, diese beiden zu verbinden.«

Renee packte auf einmal eine Art Ekel vor ihm, vor seiner Körpergröße und seinem hinkenden Fuß und seinem verquollenen Gesicht und seiner Intimität. Das war nicht die Melancholie der Künstler, die sie kannte. Was war er für ein Künstler, der noch nicht einmal ästhetisch sein konnte in seiner Trauer? Renee bereute es, hergekommen zu sein. Sie wäre viel lieber bei ihrer Mutter.

»Oh, reden Sie doch mit mir, Renee, meine Muse. Ich bin so einsam«, heulte der Regisseur.

Sie schwieg lange.

»Wann haben Sie das letzte Mal gespielt?«, fragte sie ihn dann.

»Was meinen Sie?«, schniefte er.

»Ich meine, wann haben Sie das letzte Mal gespielt?«

»Ich spiele doch nicht selbst, liebste Renee. Ich bin Regisseur.«

Sie stand auf und sammelte ihre Kleider zusammen.

»Ich muss gehen, ich wünsche eine gute Nacht.«

Sie hörte sein Schniefen. Renee konnte niemandem eine Gesellschaft sein, der sie so sehr langweilte. Sie konnte nicht. Sie zog die Tür hinter sich zu, bevor sie das laut sagte, denn sie besaß Anstand.

Draußen waren die Straßen Berlins dunkel.

Doch Berlin langweilte Renee. Vielleicht sollte sie ins Kloster gehen wie ihre Mutter, überlegte sie. Vielleicht war es Zeit für ein großes Spiel.

Hinter ihr fiel der dicke Regisseur aus dem Fenster.

Sie entschloss sich zunächst, zum Arzt zu gehen und ihm Lebewohl zu sagen, bevor sie gleich morgen früh den ersten Zug aufs Land nehmen wollte zu den Ordensschwestern. Es war schon spät, das sah Renee auf der großen Kirchenuhr, fast zehn Minuten nach drei. Doch ihr Besuch eilte. Außerdem wollte sie nur kurz vorbeisehen und auf Wiedersehen sagen.

Sie lief nach links zur Spree hinunter.

»Ich bin auch einmal losgeschickt worden, in der Nacht«, hatte ihre Mutter gesagt, erinnerte sie sich. »Zum Auskundschaften des Zauns. Ich bin keuchend in das Zimmer zurückgekehrt und habe den anderen von meinen Abenteuern berichtet. Dabei habe ich nur geraucht und gesponnen, draußen am Zaun. Ich war eine Heldin.«

Renee zündete sich eine Zigarette an.

»Hast du die anderen Mädchen je wiedergesehen?«

»Oh nein, ich kann nicht. Es würde nicht mehr das Gleiche sein, und das würde mir das Herz brechen.«

Der Arzt wohnte in einem Viertel kleiner geschwungener Straßen. Hier hätte man gut Verstecken spielen können, dachte Renee und bedauerte etwas, dass sie es so eilig hatte. Sie musste eine von Stein umgebene Wendeltreppe hinuntersteigen, um zum Labor des Arztes zu gelangen. In kleinen Erkern waren zylinderförmige Behältnisse drapiert, in denen nackte Tiere schwammen. Auf dem zweiten Treppenabsatz öffnete Renee eine Tür und betrat den Raum dahinter. Er sah aus wie ein altes Klassenzimmer. Zu ihrer Linken standen leere Tische und Stühle in ordentlichen Reihen, die gegenüber einer grünen Tafel aufgerichtet waren. Ihr direkt gegenüber auf der anderen Zimmerseite stand ein Pult, an dem der Arzt saß. Vor dem Arzt stand eine Schreibmaschine. Der Raum roch beißend nach alkoholischem Reinigungsmittel und war sehr hell. Als Renee eintrat, wandte sich der Arzt um und grinste. Unter seinen Augen erkannte Renee dunkle Ringe.

»Du siehst schrecklich aus«, sagte Renee.

»Ich schlafe schlecht. Mein Werk hält mich wach. Aber es wurde mal wieder Zeit für dich, bei mir aufzutauchen. Lädst du mich auf ein Eis ein?«

Sein Werk war so genial, dass es keiner verstand, und darum brauchte der Arzt immer Geld.

Doch Renee hatte keine Lust, den Arzt einzuladen; außerdem war es hier unten zu kalt für ein Eis.

»Heute nicht. Ich komme nur, um mich zu verabschieden. Ich gehe jetzt ins Kloster, wie meine Mutter.«

Der Arzt nickte.

»Renee? Gott sieht es nicht gern, wenn wir Welten kreieren; das ist seine Aufgabe. Er schickt dann gern den Wahnsinn. Pass auf dich auf.«

Das Licht im Zimmer des Arztes war so hell in ihren Augen, dass es sie unangenehm blendete. Sie wollte so schnell wie möglich wieder hinaus auf die dunklen Straßen. »Leb wohl«, sagte sie darum.

»Leb wohl. Wenn du noch kein Zugticket gebucht hast, möchte ich dir etwas geben. Man kann sehr schnell einsam werden auf Reisen«, sagte der Arzt.

Renee folgte ihm durch eine Tür hin zur Rückseite des Hauses, an der sich ein quadratischer Innenhof auftat. Zu allen vier Seiten ragten die backsteinernen Rückwände der Häuser auf, an denen sich kein einziges Fenster befand. Renee kam es vor, als betrete sie eine Höhle.

»Hier. Ich möchte ihn dir schenken.«

Der Arzt trat einen Schritt zur Seite und deutete auf die gegenüberliegende Hauswand, an der Renee nun einen orange leuchtenden Dinosaurier stehen sah, dessen Rücken ungefähr zehn Zentimeter über ihrem Scheitel lag. Sein Hals war so lang, dass dieser sicherlich bis zu den Fenstern im zweiten Stock gereicht hätte, wenn solche vorhanden gewesen wären.

»Ich kann ihn nicht annehmen«, sagte Renee zum Arzt.

»Er bindet mich nur an diesen Ort, ich möchte das nicht mehr. Ich will frei sein und irgendwann nach Italien reisen können, um dort meinen Roman fertig zu schreiben. Er stört hier nur, ich mag seine Eigenheiten nicht und es fällt mir schwer, mit ihm zusammen zu wohnen. Bitte nimm ihn doch, du kannst ihn gebrauchen.«

Renee wusste sehr genau, dass der Arzt niemals mehr nach Italien reisen würde, und sie wusste auch, dass er sich ohne die Struktur, die ihm der Dinosaurier aufzwang, der Welt entfremden würde. Doch da überkam sie die Gewissheit, dass der geniale Geist des Arztes diesem Schicksal ohnehin verfallen war. Auf einmal erfasste sie eine große Zuneigung. Sie wünschte sich, mit ihm und nicht mit dem Regisseur heute Nacht nach Hause gegangen zu sein. Ihn von dem Dinosaurier zu befreien, erschien ihr als das Mindeste, das sie nun für ihn tun konnte. Sie hoffte sehr, dass der Arzt dies als einen Akt ihrer innigen Liebe wahrnahm.

»Leb wohl«, sagte sie und bestieg den Dinosaurier. Sie wusste nun, sie konnte den Arzt nie wiedersehen. Es würde nicht mehr das Gleiche sein, und das würde mir das Herz brechen, dachte sie.

Draußen waren die Straßen Berlins dunkel.

Als sie davonritt, war ihr leicht. Sie dachte an das Kloster und ihre Mutter und das große Spiel. Sie hörte die Sirenen sehr lange nicht. Erst als das blaue Licht sich mit dem orangenen ihres Dinosauriers vermischte und sie das Klicken der Waffen vernahm, blickte sie zu den Polizisten hinunter.

»Bleiben Sie stehen! Sie sind verhaftet wegen des Verdachts auf Mord an dem dicken Regisseur!«

Vom Trauern erzählen

Laudatio auf Lina Knoop für »Nur ein halber Mensch«

1. Preis des Erika und Klaus Mann-Preises 2025

Wer in großen literarischen Spuren gehen will, braucht Mut. Lina Knoop hat ihrer Erzählung ein Motto aus dem Roman »Was ich liebte« vorangestellt, dem Werk, mit dem der New Yorker Schriftstellerin Siri Hustvedt 2003 der internationale Durchbruch gelang. Die inzwischen siebzigjährige, in ihrem Denken äußerst umtriebige Autorin ist mit ihren vielfältigen Einmischungen in die Debatten um Feminismus, Identität, Kunst, die Neurowissenschaften und die narrative Psychiatrie längst zur *public intellectual* geworden. Das poetologisch grundierte Motto bezieht sich auf die Trauerarbeit eines Ehepaares, dessen Kind tödlich verunglückt ist. In ihrem Schmerz beschließen die Eheleute eine räumliche Trennung und versprechen sich: »Das soll unser Gesetz sein: dass wir unseren Alltag und unser Leid mit größter Sorgfalt niederschreiben.«

Lina Knoop variiert in ihrer Ich-Erzählung »Nur ein halber Mensch« das familiäre Verlustszenario. Zwei Rückblenden auf die Kindheit der beiden Schwestern Edith und Enna eröffnen schlaglichtartig die Beschreibung ihrer sehr innigen Beziehung. Der Tod ist hier von vornherein gegenwärtig; die Großmutter stirbt, als Edith neun und Enna sechs Jahre alt sind. Letztere sorgt sich ahnungsvoll um die offenbar fragile Schwester. In der zweiten Szene, drei Jahre später, schickt Enna sich an, die Kindheit hinter sich zu lassen, während Edith so eingeschränkt ist, dass sie nur selten die Schule besuchen kann. In der Rückschau weiß Enna: »Ich kam nicht umhin zu glauben, dass die Einsamkeit, die ihr Leben so oft bestimmte, sie einige Male davor bewahrte, ihre wahre Identität abzulegen, nur um der Welt zu gefallen. Und ich schämte mich dafür, dass ich sie manchmal um diese Freiheit beneidete.«

In den folgenden Szenen verzahnen sich Geschehnisse aus einer Jetztzeit kunstvoll mit weiteren Reminiszenzen an die Kindheit. Es sind 24 Jahre vergangen, Edith ist nun bettlägerig. Souverän ruft Lina Knoop für die frühen Jahre der Geschwister originelle und plastische Bilder auf, die Kindheitswelten schnell präsent werden lassen. Die Erzählung zeigt Erinnerung als einen wertvollen Schatz, aus dem wir in jedem Lebensalter Kraft schöpfen können.

Als Ediths Name aus den Überschriften der Szenen verschwindet, wissen wir, dass Enna nun allein ist. Vor dem Hintergrund der Trauerfeierlichkeiten für ihre Schwester denkt sie zurück an einen längeren, schönen Aufenthalt bei der Großmutter, und spätestens hier wird deutlich, dass es in der Erzählung eine Parteilichkeit gibt. Herr Jansen, ein unbeholfener Verehrer der Großmutter, wird schonungslos-humorvoll als ein aufgeschrecktes Erdmännchen porträtiert. Er bleibt die einzige männliche Figur, die eine eigene Kontur gewinnt. Im Erzählraum sind die weiblichen Figuren ganz klar stärker gewichtet und weisen sich auch gegenseitig Bedeutung zu. Es scheint der schöne Begriff des »affidamento« auf, also des »Anvertrauens«, der im Verlauf der zweiten Welle der Frauenbewegung aus dem Umfeld des Mailänder Frauenbuchladens in die oft hitzig geführten feministischen Diskussionen eingebracht wurde. Das Postulat, dass es die vertrauensvollen Beziehungen zwischen Frauen seien, auf denen weibliche Freiheit gründe, traf Ende der 1980er Jahre – lange vor MeToo – einen Nerv und hat vielfältig nachgewirkt. Lisa Knoop hütet sich jedoch davor, ihre Frauenfiguren zu idealisieren.

Das vielschichtig gestaltete Nachdenken über das Sterben wird den Lesenden nicht aufgedrängt, sondern schält sich in einer makellosen Prosa ohne jede Larmoyanz und in einem gelungenen Spannungsbogen aus dem Erzählten heraus. Erst in der Schlusspassage erfahren wir, dass Edith an einem Herzfehler litt. Enna wägt ab, wie die vermeintliche Freiheit, die die Erkrankung ihrer Schwester bescherte, sich zu den Begrenzungen durch sie verhielt. Sie kommt zu allgemeineren Reflexionen über das Menschsein, in denen jede sich einmal als »ein halber Mensch« fühlen kann – sei es wie Edith durch ihre körperlichen Einschränkungen oder wie sie selbst in der Trauer um die Verstorbene. »Viel zu oft glauben wir, das Leben an sich sei uns etwas schuldig. Dass wir ein Anrecht besäßen auf Unbeschwertheit, Leichtigkeit und vielleicht sogar Erfüllung. Und manchmal will ich das auch heute noch glauben.« Die unterschwellige Wehmut, die Ennas Erzählung durchzieht, will sich kaum auflösen.

Lina Knoop bewegt sich mit ihrer Kurzgeschichte sicher und elegant in dem Resonanzraum der Schriften Siri Hustvedts. Nicht nur die tiefe Emotionalität in »Was ich liebte«, auch die wunderbaren Schilderungen zu den Frauen in ihrer Familie in Hustvedts Essayistik könnten produktiv rezipiert worden sein. Die zeitlos-universelle Thematik um Trauer, Tod und Sterben wird auf berührende Weise erforscht. Dies zeichnet die Jury mit dem ersten Preis des Erika und Klaus Mann-Preises 2025 aus.

Herzlichen Glückwunsch, liebe Lina Knoop!

Beate Bartsch

Erwachsenwerden im Stakkato

Laudatio auf Mio Costa für »rapid eyes«

2. Platz des Erika und Klaus Mann-Preises 2025

Wir sind in Italien, es ist heiß. Kindheit im italienischen Hitzesommer – das ist Milch mit Kekskrümeln schlürfen und Kniffe in die Wange, das ist schmelzendes Gelato di Fragola. Kindheit im italienischen Hitzesommer – das ist Anreise im »unklimatisierten Bulli [...] mit einem Kofferraum voller Muttersprache [...] und keimender Scham auf der Rückbank«, das ist schmerzhaftes Heranwachsen in einer Welt der Väter, Brüder und Söhne, der alten Männer am Tisch, die eine Sprache für Erwachsene sprechen. Mio Costas namenlose Hauptfigur erzählt uns in impressionistischen Erinnerungssplittern vom Heranwachsen in einer deutsch-italienischen Familie.

Die Besuche beim italienischen Großvater bilden dabei die Konstante in einem originellen, sprachverspielten Text, der von der Zerrissenheit und dann dem Zerreißen einer Familie zwischen zwei Ländern erzählt. »papa ist irgendwo, mama ist da«, schreibt Mio Costa, und lässt uns ein in eine erzählte Welt, in der das Heranwachsen alle Sinne beansprucht und die Erfahrungen einer nach Geschlechtern definierten Sozialisierung sich tief in den kindlichen Körper eingraben.

Kindheit ist bei Mio Costa atemlos, schwitzig und klebrig – ein Ganzkörpererlebnis. Wenn Opa in der Mittagshitze noch al dente ist, dic Kinder aber schon ganz labbrig sind, dann ist das nicht nur Poesie aus Pasta, dann beschreibt das eine Körperlichkeit, in der sich die überhitzte Umgebung und das eigene Sein symbiotisch verschränken: »Wir schwitzen Nudelwasser, deutschen Schweiß in unsere Kleider, die Füße patsch patsch patsch, wie sie bar am Fliesenboden kleben bleiben.« Mio Costa gelingt es, Sinnes- und Körpererfahrungen so greifbar werden zu lassen, dass sie aus dem bildstarken Text gleichsam in die Leser:innen hinauspulsieren. Ganz dem Titel »rapid eyes« gemäß, sehen wir durch die Augen der Hauptfigur, die im Sekundentakt hin und her springen und aufsaugen, was das »flirrende JETZT« anbietet. Das Ergebnis ist eine Erzählung voll wacher Sinne, clever und treffend scharf, etwa wenn es über den Nonno beim Familienessen heißt: »Und er sagt gar nicht so viel, der alte Mann, und gleichzeitig ist er der Einzige, der spricht.« Mio Costa überzeugt mit einem Text, der Worte im Stakkato setzt, ein Text wie ein aufgeregter Herzschlag, der ausschwitzt, was er sagen muss. Dabei kommt »rapid eyes« ohne jegliches erzählerische Klischee aus und berichtet von Kindern, ihren Vätern, Müttern und Großvätern mit dem Mut – und Können –, Ambivalenz darzustellen und auszuhalten.

Wenn Mio Costa aus der Perspektive der Hauptfigur schreibt: »und du willst was sagen, aber es geht nicht, es geht nur mit gesenktem kopf die chucks schnüren und in der ecke mit Kuli kreiseln und kritzeln und schreiben, was nicht gesagt werden kann, weil es dafür eine Stimme bräuchte und Luft und eine Sprache«, dann schleicht sich der Verdacht ein, dass hier die Selbstwahrnehmung der Hauptfigur und unsere Wahrnehmung des Textes gehörig auseinanderklaffen. Denn was Mio Costas Text so außergewöhnlich werden lässt, ist, dass er mit einer Stimme spricht, die mehr Luft und Atem und Sprache hat, als banale zehn Textseiten abbilden können. Oder anders formuliert: Wir wollen mehr lesen, von dieser Stimme.

Für diese außerordentliche und präzise bildliche Sprachgewalt und körperliche Erfahrbarkeit des Textes, für dieses überzeugende Vermögen, das

Heranwachsen in Sinnen und Worten einzufangen, vergeben wir mit großer Freude den 2. Platz des Erika und Klaus Mann-Preises an Mio Costa für den Text »rapid eyes«.

Mio Costa, wir gratulieren Ihnen ganz herzlich!

Maike Neumann

Eine Welt aus Worten

Laudatio auf Paula Eckelt für »Weit genug«

3. Preis des Erika und Klaus Mann-Preises 2025

Im Jahr 1927 brachen Erika und Klaus Mann voller Neugier auf zu einer Reise nach Amerika – in die Neue Welt. Von ihren Eindrücken erzählen sie in ihrem gemeinsam verfassten Büchlein »Rundherum«. Sie halten sich einige Zeit in Kansas im Mittelwesten auf, das ihnen »sein kaltes, trostloses Gesicht« zeigt, und sie kommen zu dem Schluss: »Man denkt an Lebendigbegrabensein, wenn man sich, dass man hier leben müsste, vorstellt.«

Dorthin, nach Kansas in das ländliche Amerika gegen Ende der 40er Jahre, führt uns Paula Eckelt in ihrer ausgezeichneten Erzählung »Weit genug«. Es ist eine Geschichte über jugendliche Freundschaft,

Verlust, weibliche Selbstfindung und den Mut zur eigenen Stimme, die uns in leisen Tönen und atmosphärisch dichten Bildern erreicht.

Annie und Debra begegnen sich zu Beginn ihres dritten Schuljahres. Die eher unauffällige, zurückhaltende Debra ist fasziniert von der trotzig-kühnen Annie, der es scheinbar nichts ausmacht, dass ihre Familie nicht angesehen und der Vater als jähzorniger Trinker bekannt und missachtet ist.

Debra und Annie werden »unzertrennlich« und verleben einen ersten und weitere Sommer am Fluss Aria. Wir erleben das Coming-of-Age der schüchternen Debra neben der selbstsicheren, verwegenen Annie. Es ist knapp, aber bildkräftig und sensibel beschrieben, wenn aus Gefühlen wie Angst, Zorn, Wut, Schuld und Scham Verstehen erwächst: »Ich erkannte, dass der Fisch ein Geschenk gewesen war, ein Geschenk von Danny an mich.«

Das mühsame Leben im Mittelwesten und die Not infolge der Sandstürme in den 1930er Jahren werden eher angedeutet als erzählt im Bild von Sandkörnern in den Augen, und doch gewinnt man beim Lesen eine Vorstellung von diesem anderen und vergangenen erzählten Leben.

Nach einem Kinobesuch ändert sich die Beziehung der beiden Mädchen. Annie will Schauspielerin werden, und ausgerechnet der alte Joe, ein von der Gesellschaft belächelter Außenseiter, wird ihr

Unterstützer und Vertrauter. Beide teilen eine Welt, von der Debra ausgeschlossen bleibt.

Debra fühlt sich verlassen von ihrer bewunderten, innerlich scheinbar viel freieren Freundin. Schreiben wird ihr Ausweg, sie erschafft mit ihren Worten eine eigene neue Welt: »So beschrieb ich Seite um Seite, verwandelte das Chaos in mir in Zeilen.«

Jedoch zerbricht die Beziehung der Mädchen, gerade als Debra sich der Freundin öffnet und Annie schlagartig Debras literarisches Talent erkennt. Mit Nachdruck ermutigt sie sie: »Das ist verflucht gutes Zeug.« Aber die Verbindung zwischen beiden ist zerstört, Annie verschwindet und lässt Debra zurück. Annies Geschichte bleibt offen, ihre Worte jedoch wirken in Debra weiter. Sie wird in eine neue Welt aufbrechen – ohne die bewunderte Annie, die ihr mit ihren Worten die Tür in diese neue Welt geöffnet hat.

Paula Eckelt hat mit »Weit genug« eine gelungene und weit reichende Erzählung vorgelegt.

Bemerkenswert ist ihre Fähigkeit, uns eine vergangene Welt nachvollziehbar und einfühlsam zu präsentieren. Ihre Protagonistinnen sind mit ihren menschlichen Schwächen und Stärken zeitlosen Problemen ausgesetzt, aus denen der Weg in die Kunst eine Möglichkeit der Entwicklung und Bewältigung ist.

Frauen wie Annie und Debra leben bis heute innerhalb von Grenzen, die überwiegend Männer gesetzt haben. Der Weg als Künstlerin und die Mitwirkung an einer neuen, freieren Welt erforderte und erfordert Mut – und Ermutigung.

Davon erzählt Paula Eckelt in leisen Tönen, ohne Pathos und in zarten Bildern.

Sie selbst hat mit ihrer Erzählung Mut und großes Talent bewiesen. Die Jury zeichnet ihre Erzählung »Weit genug« mit dem dritten Preis des Erika und Klaus Mann-Preises für junge Autor:innen 2025 aus.

Herzlichen Glückwunsch!

Dorothea Janssen-Terveen

Die Autor:innen – Kurzbiografien

Mija Freiberg wurde am 24. Februar 1999 in Hamburg geboren. Sie studiert Ernährungswissenschaften mit dem Schwerpunkt auf Forschung. Sie entwickelte den Wunsch, wissenschaftliche Inhalte nicht nur zu erforschen, sondern greifbar zu machen. Aufgewachsen in herausfordernden Verhältnissen, lernte sie früh, worauf es wirklich ankommt, nicht auf Status oder Besitz, sondern auf Haltung, Empathie und die Fähigkeit, sich selbst und andere anzunehmen. Als Mentorin begleitete sie mehrere Jahre Jugendliche aus nicht-akademischen Familien auf dem Weg von der Schule in die Welt. Heute setzt sie sich persönlich wie auch regionalpolitisch für Chancengerechtigkeit ein. Mit dem Schreiben schafft sie einen Raum, in dem Gedanken zu Bildern werden und Worte das transportieren, was oft unausgesprochen bleibt.

Jennifer Ofori, geboren am 5. Juni 1997, schreibt bereits seit ihrer Jugend Texte und Gedichte. Neben ihren Texten, die sich häufig alltäglichen Beobachtungen widmen, liest und töpfert sie gern. Sie ist ausgebildete Dachdeckerin und hat einen Bachelor der Geografie.

Teresa Wille, geboren am 11. November 2002 in München, studierte dort zunächst Philosophie, bevor sie im Jahr 2021 für das Studium der Rechtswissenschaften nach Hamburg zog. Ihr Schreiben umfasst neben Kurzgeschichten und Erzählungen auch Lyrik. Mit ihrem Wettbewerbsbeitrag tritt sie erstmals vor ein Publikum.

Joel Pelz, geboren am 18. Dezember 2002 und aufgewachsen in Hamburg, studierte Philosophie in Leipzig und wohnt seit Anfang 2025 wieder in Hamburg. Er hat einige erste Texte in unabhängigen Literaturmagazinen veröffentlicht. Ab Oktober beginnt er von Hamburg aus ein Studium der Sprachkunst an der Universität für angewandte Kunst in Wien.

Mio Costa wurde am 4. März 1999 in Hamburg geboren und studierte Literarisches Schreiben in Hildesheim und Vergleichende Literaturwissenschaft in Barcelona. Dey ist Teil des queeren Schreibkollektivs all caps und veröffentlichte zuletzt im Mosaik freiTEXT, im Snack Magazin und in der Landpartie Anthologie. 2024 und 2025 gehörte dey zu den Young Poets am Haus für Poesie. Literarische Themen von Mio sind: eine Kindheit zwischen Norddeutschland und Norditalien, ambivalente Familienbeziehungen und die Suche nach einem (neuen) Platz in der Sprache.

Lina Knoop, geboren am 13. November 1997, wuchs in Ostholstein auf und absolvierte hier 2016 ihr Abitur. Ein Jahr später zog sie nach Hamburg, wo sie 2019 eine Ausbildung zur Redakteurin erfolgreich abschloss. Im Anschluss veröffentlichte sie fünf Jahre lang journalistische Texte in verschiedenen Print- und Onlinemedien. Neben ihrem Beruf nahm sie ein Studium der Kommunikationspsychologie auf. Seit 2023 arbeitet sie für eine Hamburger Genossenschaft im Bereich der nachhaltigen Forstwirtschaft. Ihre Geschichten erzählt sie, seit sie schreiben kann, am liebsten auf Papier.

Nora Niederstadt wurde am 8. Mai 2006 in Hamburg-Altona geboren. Nachdem sie im Sommer 2024 ihr

Abitur bestanden hat, plant sie, Biologie zu studieren. Schon als Kind liebte sie das Lesen und Schreiben. Es macht ihr Spaß, Bilder und Gefühle einzufangen und aufs Papier zu bringen. Neben dem Schreiben geht sie heute gern auf Reisen, fertigt kleine Collagen an und interessiert sich für Film und Theater.

Clara Kemter wurde am 26. Februar 1998 in Pinneberg geboren. 2017 legte sie ihr Abitur an der Freien Waldorfschule Elmshorn ab. Seit Oktober 2019 studiert sie an der Leuphana Universität Lüneburg im Studium Individuale mit dem Schwerpunkt sozial-ökologische Systeme. In der Literatur findet sie Freude daran, in Welten einzutauchen, die sie nicht kennt, die sich aber trotzdem vertraut anfühlen oder über die sie noch etwas lernen kann. Sie schreibt, um Worte für die Dinge zu finden, für die ihr im Alltag die Sprache fehlt.

Paula Eckelt wurde am 13. Juni 1999 geboren und wuchs als älteste von fünf Schwestern in Bonn auf. Aktuell studiert sie Rechtswissenschaften mit dem Schwerpunkt Kriminologie und Völkerstrafrecht. Sie liest am liebsten Romane von Carson McCullers, Hannah Green, John Steinbeck und Patricia Highsmith.

Svea Billig wurde am 2. Mai 2008 in Hamburg geboren. Sie lebt in einem Drei-Generationen-Haus mit

Hund, besucht die Oberstufe des Gymnasiums und verbringt ihre Freizeit entweder mit Lesen oder im Pferdestall, sie ist begeisterte Reiterin. Ihre Leidenschaft fürs Schreiben entdeckte Svea schon sehr früh. Bereits in der ersten Klasse schrieb sie die erste von unzähligen weiteren Geschichten. Dazu verfasste sie Texte für die Schülerzeitung. Seit der fünften Klasse besucht sie regelmäßig Workshops zum Kreativen Schreiben. Inspiration findet sie überall im Alltag, ob in Menschen, die ihr begegnen, oder in Situationen, die sie erlebt.